偽装結婚のはずが、愛に飢えたエリート社長に美味しくいただかれそうです

m a r m a l a d e b u n k o

高田ちさき

JN031982

marmalade bunko
マーマレード文庫

目次

偽装結婚のはずが、愛に飢えたエリート社長に美味しくいただかれそうです

偽装結婚のはずが、愛に飢えた
エリート社長に美味しくいただかれそうです

第一章　結婚してください！

女の子の多くが、憧《あこが》れる結婚。

綺麗《きれい》なドレスを着て、最愛の人と神様の前で永遠の愛を誓う。まぶしい光の中、彼と向き合い微笑《ほほえ》み合う。そして交わすキス。

小さなころは、大人になれば自然に相手ができて結婚できるものだと思っていた。

しかし現実はなかなか厳しい。

結婚しなくったって幸せになれる。幸せは人それぞれだから。

でも私はどうしても結婚したい。相手がいるなら今すぐにでも。

那賀川梢《なかがわこずえ》、二十七歳。

――私、焦ってます。


消毒液の匂い、行きかう人々。ナースステーションの前で会釈《えしゃく》をして通り過ぎる。

廊下の突き当たりの四人部屋の窓際のベッド。

私が顔を覗《のぞ》かせると、祖母の那賀川梅《うめ》が気配を感じたのか手にしていた雑誌から視線をこちらに移した。

「何を熱心に読んでるの？」

「あぁ、ここ。見てごらん」

祖母が指さした箇所を見ると、そこには私の弟、那賀川幹《みき》が周囲を魅了するような笑みを浮かべている。

私とよく似た顔の彼。双子なのだから当たり前なのだけれど、華やかさやオーラが全然違う。

二重《ふたえ》のくりっとした目に、自然と上がった口角。少し明るめのふわふわの髪が大型犬を連想させる。幹は昔から人なつっこい笑顔でみんなの人気者だった。同じ素材なのに、私とは違う。

目立つ幹は中学生のときにスカウトされ、すぐにモデルとしてデビュー。今は俳優業を中心に様々《さまざま》な芸能活動をしている。

姉の私から見てもデビューからずっと努力し続けている幹。今ではメディアで見ない日はないほどの売れっ子になった。

もちろん祖母にとって、幹は自慢の孫だ。

「へぇ、またドラマに出るんだ。最近すごいね」

「なんだい、きょうだいなのに知らなかったのかい？」

祖母が眉間《みけん》に皺《しわ》を寄せて責めるように言うのを、私は笑っていなす。

「きょうだいっていっても、もうお互いいい大人だし。それに幹も売れっ子芸能人になって忙しいんだから、いちいち仕事のことで連絡してこないよ」

「そうなのかい。なんだ、寂しいね」

悲しそうに目を伏せた祖母に、幹から預かってきたＤＶＤと祖母の好きなお菓子を差し出す。

「そんな顔しないで。ほら、これ幹から」

「あら、新しいＤＶＤが出たのね。楽しみだわ」

一気に目を輝かせた祖母を見てほっとする。それと同時に自分では、祖母をこんな笑顔にしてあげられないことに少し落ち込む。

「ごめんね、私には何の取りえもなくて」

思わず口からポロっと卑屈な本音《ほんね》が出てしまう。こういうところ、直したいのに祖母の前だと思わず素《す》の自分が出てしまう。

困った顔の祖母が私の手を取って、反対の手で安心させるようにポンポンと叩いた。昔から落ち込む私をなぐさめてくれるとき、こうやってくれていた。

「そんな顔しない。私が誰よりも梢の良さを知ってるからね」

見舞いにきて逆に励ましてもらうなんて。

「ありがとう、おばあちゃん」

「あんたはいつも自分が何もできないって言うけど。私の味再現できるのは梢だけだよ。たいしたもんだよぉ」

祖母は両親亡き後、食堂【那賀川】をひとりできりもりしながら、幹と私ふたりの双子のきょうだいを育ててくれた。

明るい祖母や常連客に囲まれて、私も幹もそれほど寂しい思いはしなかった。それも祖母ががんばってくれたおかげだと思う。

しかし無理がたたったのか、この数年は持病の心臓病が悪化し、入退院を繰り返していた。

「でも、やっぱりおばあちゃんの味にはかなわないわ。常連さんたちもおばあちゃんが元気になって帰ってくるのを待ってるんだから」

祖母が病気になって食堂は閉店した。しかしご近所の常連さんはまた祖母のご飯を食べたいと言ってくれている。

少しでも前向きな気持ちになってもらおうと、明るく声をかける。しかし祖母は窓の外を見てつぶやく。

「もう厨房《ちゅうぼう》に立つのは無理だわ。こんな年寄りが長生きしても仕方ないのよ」

「おばあちゃん、またそんなこと言う……」

明るかった祖母も長い闘病生活で、希望を持てなくなっている。医師に勧められている手術もずっと拒否したままだ。

入院にかかる費用は幹と私が負担している。それが祖母にとっては重荷に感じるらしい。私たちからすれば祖母が少しでも長生きしてくれるなら、どんなことでもするつもりなのに。

そう、どんなことでもだ。

「あわよくば、ひ孫が見たかった。そうすればもう少し生きてみてもいいと思うんだけどね」

「おばあちゃん……今すぐには無理だよ、ごめんね」

ここ最近祖母がよく口にするのは、孫の結婚についてだ。

幹はああいう仕事をしているから、結婚となると様々な障害がありすぐには難しい。

そうなると私が祖母の願いを叶えてあげられたらいいのだけれど、いかんせん結婚どころか彼氏さえいない。

本当に、相手さえいればすぐに結婚するのに。

「年寄りの話だから気にしなくていいのよ」

祖母は笑ってそう言うが、本音としては孫たちの家族をこの目で見ておきたいという気持ちなのだろう。決して私たちは家族というものに恵まれていたわけではないから。

祖母は母が小学生のときに離婚しひとりで娘を育てた。やっと最愛の娘が幸せな結婚をして子供に恵まれこれからというときに、娘夫婦は事故に巻き込まれふたり同時に天に召された。

それから泣きじゃくる私と幹を抱えて、悲しみに暮れる暇もなく必死になって働いて育ててくれた。苦労という苦労を重ねてきた祖母だから、私たちきょうだいにはそういう思いをさせたくないのだ。

「あ、そうだ。この間、幹から送ってもらった写真見る？　かっこよかったんだよ〜」

なるべく明るく話題を変えた。

幹の写真を見せると、祖母の顔が輝く。

「あぁ、うちの孫は世界一だね」

「うんうん、私もそう思う」

まばゆい笑顔を浮かべる画面の中の幹は、祖母にとって自慢の孫だし、私にとっても自慢の弟だ。

幹のがんばりが、祖母の活力になっているのは間違いない。

それに比べ自分は……何の取りえもなく、ただこうやって言葉で励ますことしかできない。

せめて結婚できれば、喜んでもらえるんだけど。

一般的には適齢期と言われる歳《とし》なので、祖母が期待するのもわからなくはない。祖母の世代の女性の幸せって、わかりやすいものは結婚なんだろうな。

祖母自身は離婚も経験しているのに、それでも私に勧めてくるのは祖母にとって結婚がそれだけ意味のあるものだということなんだろう。

色々《いろいろ》考え始めると気が重い。

私は祖母と幹の活躍について話をしながら、何か別の方法で祖母の手術の説得ができないかあれこれ考えていた。

しかし、いい考えが出ないまま、その日の面会を終えた。

午前中のオフィスは人が多く、みんなせわしなく動き回り精力的に働いている。

目の前の電話が鳴り反射的に受話器を取る。

「インディゴストラテジー、那賀川です」

活気にあふれる社内の片隅で、私はパソコンに向かい問い合わせに応答する。

私の勤めるここインディゴストラテジーは創設十年目を迎える新進気鋭《しんしんきえい》の企業だ。

取引先企業のＩＴシステムの構築をメインで行っている。取引先は多種多様、お客様のニーズに素早くお応《こた》えするのが、私たちの使命……とはいいながら、私はその管理部門である総務部に所属し、縁の下の力持ちとなるべく日々忙しく働いていた。

新しい会社なだけに、総務部はいわゆるなんでも屋みたいな位置づけになっていて、今も中途採用の応募の電話に応対したところ。その前には社内報にアップするための記事の執筆を行っていた。

世話焼き気質の私に総務部の仕事は合っていると思う。思うけれど、目の前に山積みになっている仕事に追われる日々だ。

あぁ、パニックになりそう。

平静を装《よそお》ってこなしているが、内心焦りを感じながら仕事をしている毎日。充実していると思えばそれはそれでありがたいことだけれど。

そんな私の楽しみは週に一度火曜日、昼休みに管理を兼ねて屋上庭園でお弁当を食べることだ。

十月の秋晴れの下。私は植栽や鉢植えの様子を確認していく。

普段、屋上庭園は鍵がかかっていて利用できない。

社長たっての希望で作ったこの屋上庭園。最初は一般に開放していたようだが利用者のマナーが悪く、今は近くの花火大会や社内のレクリエーションのみ利用許可が下りるくらいだ。

もったいないな……こんなに気持ちいいのに。

一時は元気のなかった植木や花も、利用を限定してからはすくすくと育っている。

様子を見て不都合があれば、造園業者に連絡をするようにしていた。

私はここの管理にかこつけて、この立派な庭園を週に一度昼休みにひとりで自由に使うことを許されていた。

ランチバッグの中のお弁当は、作り置きを駆使した簡素なものだ。取りえが料理くらいしかないので、日々のお弁当作りはあまり苦労とは感じていなかった。

「今日の卵焼き、すごく上手に焼けたんだよね～」

その日によってわずかに出来が変わる。それもまた手作りのだいご味だからと祖母に教わった。

そういえば、最初におばあちゃんにOKもらったのも、だし巻き卵だったなぁ。

幹がモデルにスカウトされてがんばっていたころ、私は祖母の食堂を手伝っていた。最初は調理はやらせてもらえなかったけれど、手伝えるように何度も練習して最初に修得したのが、人気メニューのだし巻き卵だった。

祖母のだし巻き卵は箸《はし》で押さえるとジュワっと出汁《だし》が染み出る。大量の大根おろしを添《そ》えて食べる食堂の人気メニューだ。

お弁当に入れるときは、少しアレンジをしているが私にとって一番思い入れの深いメニュー。

祖母を思い出しながら、いつものベンチに向かう。

しかし近くまで来て、そこに男性が横たわっているのを見て驚いた。

えっ、誰?

ここには通常社員は出入りできないはずだ。さっきは鍵がかかっていたから人がいるとは思わなかった。

部外者がここまでくるとは思えないので、社員だとは思うけれど。

不審《ふしん》に思って覗き込むと目をつむってじっとしている。しかしその顔色がものすごく悪い。このまま放っておいて大丈夫なのだろうか。

「あの……」

遠慮《えんりょ》がちに声をかけてみたが、動かない。天気はいいが十月の屋上に放置しておいていいのか迷い、もう一度声をかけた。

「あの、大丈夫ですか？」

私の声に反応して、男性が身じろぎをした。

よかった、動けるみたい。ほっとしていると、男性がこめかみのあたりを押さえながら体を起こした。やはり体調が悪いようだ。けだるげな様子が窺える。

「あのこれ、まだあたたかいのでどうぞ」

先ほどここに来る前に自動販売機で買った、ペットボトルのお茶を差し出す。

「ああ。ありがとう」

素直に受け取った彼は、ごくごくとお茶を飲むと大きく息を吐いた。

「悪かったな。ここに座るんだろう？」

私に席を譲るために立ち上がろうとした彼を慌《あわ》てて止めた。

「あの、顔色悪いですしそのまま座っていてください。あ、もしお腹すいていたらこれ私のお弁当なんですけど食べますか？」

深く考えずに自分のランチバッグを見せる。昔から祖母に『食べたら元気になる』と言われて育ってきたのでそのノリで差し出した。

しかしすぐに冷静になる。他人の手作り弁当なんて食べたいと思うだろうか。慌てですぐにひっこめた。

「ご、ごめんなさい。体調悪いのにお弁当なんて食べられないですよね。あの、すぐに何か買ってきますから」

しかし男性はひっこめたランチバッグを、がしっと掴《つか》んだ。

「いや、これがいい」

「え？」

「これがいいんだ。もらってもいいか？」

「あ、はい。どうぞ」

待てないくらいお腹がすいているのだろうか。私がランチバッグごと差し出すと、彼はお弁当箱を取り出して手を合わせた。

「いただきます」

綺麗な所作《しょさ》で箸を持ち、卵焼きを最初に食べる。

人に食べてもらうのを前提に作ったわけではないので、とても地味なお弁当だ。反応が気になってじっと見てしまう。

そしてそのときになって、マヌケな私は初めて気が付いた。目の前にいる人が誰なのかを。

しゃ、社長？

ベンチに座って私の手作り弁当を食べているのは、この会社を大学卒業と同時に弱冠二十二歳で設立した、藍住遼一《あいずみりょういち》社長だ。

就職の最終面接の際に会話した程度で、入社後五年目だが一度も直接話をしたことはなかった。正社員だけでも全国に二千人近く人がいる。本社勤務の人数だけでも三百人以上。末端の一般社員の私は一方的に彼を認識しているにすぎない。

その人物がなぜここに？

疑問を口にできないでいると、向こうから質問された。

「うまいな。これは君が作ったのか？」

「は、はい、そうです」

入社後一度も話したこともない社長を前に、声がうわずった。

私の様子がおかしかったのか、社長は笑みを浮かべた。その笑顔に目がとらわれた。

身長は幹と同じくらいだから、百八十センチを超えているだろう。少し長めの前髪はサイドにきちんと流されて清潔感《せいけつかん》がある。その下から覗く、漆黒《しっこく》の瞳は大人の色気を存分に湛《たた》えている。すっと通った鼻筋に品の良い少し薄めの唇。

スーツはオーダーメイドなのか彼の細身の体格にぴったり。そのいで立ちならば、周囲の注目を集めるのも納得だ。普段モデルの幹を見ている私でさえそう感じる。

三十二歳と若い。その上社長となれば雑誌の取材なども複数の依頼があるのもうなずけた。

そんな社長の笑顔が、驚くほど柔らかくてあたたかくて、思わず釘付けになってしまったのだ。

普段のビジネスシーンでの少し冷たい印象の彼しか知らないので、余計に私の胸に刺さったのかもしれない。

うっかりじっと見つめてしまった。

その間に私のお弁当は、次々に社長の胃袋の中に収まっていく。

「懐《なつ》かしいな」

もしかして、家庭の味を思い出しているのかもしれない。

最後の一口、レンコンのきんぴらを箸で持ち上げて凝視した後パクっと口の中に放り込んだ。

「うまかった。ごちそうさま」

満足そうな表情の社長が、空っぽになったお弁当箱を私の方に見せた。たしかにご飯粒ひとつ残っていない。

「え、はい。お粗末さまでした。あの、少しは元気出ましたか?」

食事をしたくらいですぐに体調が良くなるわけではないだろうが、さっきよりはマシになったように見える。

「あぁ。久しぶりに美味しいと思える食事だったよ」

私のご飯が社長の口に合うはずなどない。お世辞《せじ》だとわかっているけれど、不味《まず》いと言われなくてほっとした。

「君の昼食がなくなってしまったな。代わりにこれを」

社長に渡された紙袋の中を見て驚く。会社の近所にある有名イタリアンレストランのランチボックスだ。一日限定十食。幻のランチボックスと言われていると雑誌で読んだ。そしてかわいらしいボックスに入っているが、お値段は全然かわいくない。

「いえ、そんな高価なものいただけません。社長が召し上がってください」

慌てて社長に紙袋を返した。

私のお弁当とは比較にならない。そもそも昼食を持っていたなら、なぜ私のお弁当を食べたのだろうか。わけがわからない。

「秘書が勝手に用意したんだ。受け取ってもらえなければ、ごみ箱行きだな」

「そんな、もったいない！」

私は捨てられたら困ると、社長の手の中にあるボックスを受け取る。少し勢いがつきすぎて奪い取るようになってしまった。

「ふっ、なんだ。最初から素直に受け取ればいいのに」

「捨てるなんて、ダメです。絶対」

祖母が食堂をしていたせいか、食べ物を大切にするように育てられてきた。その精神は今も私の中に根強く残っている。

「なら、君が食べてくれ。俺より、君が食べてくれた方が弁当も喜ぶだろう」

そこまで言われたら断る理由などない。

「では、遠慮なくいただきます」

「あぁ、そうしてくれ」

「ここの美味しいって有名ですよ。私がいただいてよろしいのですか？」

念のため、再度確認をする。

「構わない。そんなものはいつでも食える」

なぜ私の質素なお弁当を食べて、有名店のランチをいらないというのか理解できない。このランチボックスは数量限定の貴重なもののはずなのに。

まぁ、きっと社長みたいな人と、私みたいな庶民とは考え方が違うんだろうな。

無理やり納得させた。考えても仕方のないことだ。

「弁当箱は洗って返すから、終業後社長室へ」

「あ、いえ。私が洗いますから。そのままお返しいただいて結構です」

「ダメだ」

なんで⁉　社長が洗うの？

疑問に思うがもちろん口にはできない。言い切られてしまったのでは、これ以上食い下がれない。それにもう突然のわけわからない状況の連続に、頭がついていかない。

「秘書には君のことを伝えておく。じゃあ」

「はい、承知いたしました」

私は諦《あきら》めるしかなく、しかし「なんで？」という気持ちを胸に抱いたまま承諾《しょうだく》する。

その返事を聞かないで、社長はすでにその場を離れていた。私は去っていく彼の背中を唖然《あぜん》と見つめるしかなかった。

中に続く扉がバタンと閉じて、屋上庭園にはいつも通り私ひとりになった。そこで

「はぁ」と大きく息を吐いた。

「いったい、何なの」

相手がいなくなってやっと本音が口から洩れた。ぶつぶつ文句を言う姿は周囲に人がいたら怪しさ満点だが、今はひとりなので問題ない。

普段おとなしく見られる私だが、心の中はおしゃべりだ。いつもは口に出さないだけだ。

そもそも社長ってあんな感じだったっけ？

一般社員の私が社長と話すことなど、この五年でほぼないに等しい。フロアに来た際に他の人に紛《まぎ》れて挨拶《あいさつ》をした程度なので、詳しくは知らない。けれど漏れ聞こえてくる彼の評判は少し今日受けた印象とは違う。

仕事には厳しい。けれど声を荒らげたりせず常に穏やかで、社員にも丁寧に接する紳士的な人。

でも今日はなんだか……丁寧ではあるけれどどこか強引だった気がする。

だからこそ、お弁当箱を回収できずに押し切られてしまったのだけれど。

なんでこうなったと思いながら、膝《ひざ》の上のランチボックスを開く。するとそれまで胸の中に渦巻いていた不満が一気に吹き飛んだ。

「すごい。美味しそう」

中が綺麗に仕切られたランチボックスには、色とりどりの料理が並んでいた。とくに大きなパイ生地のキッシュはとても美味しそうだ。

私の茶色のお弁当と比較することすら、申し訳ない。

「まぁ、栄養と味重視だから、ね」

自分に言い訳しつつ、わくわくしながら口に運ぶ。

「ん～」

最初に口に入れたのはキッシュだ。サクサクのパイ生地、しっとりとしたフィリング、中のベーコンの味がしっかりしていてもう最高。

感想の言葉も出ず、ただ唸り声をあげた。人目のないこの屋上庭園だからできることと。生ハムのサラダに、一口大のライスコロッケ。どれもこれも美味しくて、さすが社長が食べるランチだと感心する。

こんなに美味しいのに、なんで私のお弁当なんか食べたんだろう？

食べてみてあらためてそう思う。どう考えてもこっちの方が美味しいのに。

余計に不思議に思い、首をひねる。

しかしそうしているうちに昼休みが残すところ後八分。いつも五分前には席に戻るようにしている私は、最後に残していたミニトマトを口に放り込んだ。

そして慌てて片付けを済ませてしっかり鍵をかけた後、急いで自席に戻った。

美味しいランチボックスのおかげで、午後の仕事の始まりは順調だった。

しかし終業時刻に近づくにつれ「お弁当箱」を取りに行かなくてはいけないというプレッシャーに押しつぶされそうになった。


午後の勤務をつつがなく終え、終業時刻が過ぎてしまった。しかし私はまだ席を立てないでいる。

今まで社長と関わることなんてなかった。それなのに理由もわからずに、お弁当を取り上げられそれを取りに行くなんて。

何か粗相《そそう》があれば、仕事に影響しかねない。社長はワンマンではないが、社員に対しての要求は厳しい。それに耐えきれずに辞めた人の噂も後を絶たない。

できれば、関わりなく平穏に過ごしていきたいと言うのが本音。

クビになったりしたらどうしよう。せっかく有名企業に就職できて祖母を喜ばせることができたのに、クビだなんて絶対に言えない。

そしてこれからも祖母の世話を続けるならばお金は必要だ。今の会社ほど待遇《たいぐう》のいいところは、そう簡単に見つからないだろう。

だから必要以上に関わりたくない。仕事で呼び出されるわけではないのだから、できればなかったことにしてほしい。

あぁ、仕事が終わるのがこんなに嫌だなんて思うのは、初めてかもしれない。

そんな私の気持ちとはうらはらに、今日も仕事は順調に進んでいった。

もともと残業をあまりしない部署で、今日どうしてもやらなくてはいけない仕事はとっくに終わっていた。

「あの、課長。何かお手伝いできることはないですか?」

いつも残業になりそうな仕事があるなら、事前に依頼されるので、この質問をすることはほとんどない。

しかし私は社長室に行かなくて済む理由ができないかと、必要に駆られて尋ねた。

「ん?　そうだな。今日はもう大丈夫だよ。お疲れさま」

にっこりと笑顔で返されて「そうですか」とおずおずと引き下がる。最後の悪あがきも撃沈した。

覚悟を決めるしかない。そう思いデスクに戻り、パソコンの電源を落とした後、内線電話が鳴った。

「はい。総務・那賀川です」

急ぎの仕事ならば、断る口実になるかもしれない。お弁当箱はいっそのこと諦めてしまってもいい。

期待に胸を膨《ふく》らませて話の内容に耳を傾ける。しかし相手の名前を聞いて、凍り付いた。

「社長の第一秘書の松茂《まつしげ》です。社長がお待ちですが、何時ごろこちらにいらっしゃる予定ですか？」

男性の淡々と語るその口調に、責められているような気がして心も体も一気に緊張した。

「はい！　あの、今すぐ行きますっ」

勢いよく答えてしまった。プレッシャーに弱い自分が憎い。

「では、お待ちしておりますので」

用件だけと言わんばかりに、電話はすぐに切れた。

こうなったら、逃げ出すわけにはいかない。退路は断たれた。

私は「はぁ」と大きなため息を吐きながら、ゆっくり椅子《いす》から立ち上がった。

実際のところは、お弁当箱を取りに行くだけだ。だから受け取ってすぐに帰ってくればいい。

でもそうできない予感がひしひしとしている。

もしお弁当箱を返す目的だけならば、わざわざ社長が私を待つ必要なんてない。それこそ先ほどの秘書の人にことづけておけば済む話だ。

しかし先ほど『社長がお待ちです』とあえて言った。それは間違いなく言葉の通り社長が待っているということだ。

何のためにっ⁉

わざわざお礼を言うため？　いやそれならあの屋上で済ませばいいだけ。それにお弁当の代わりに、普段なら手に入らない豪華なランチをいただいた。お礼はそれで十分なはずだ。

わからない。わからなさすぎて社長室のあるフロアに足を踏み入れたとき、ものすごく動悸が激しくなった。

覚悟を決めて顔を上げた先に、ひとりの男性が立っていた。「誰だろう」と思う前に自己紹介される。

「藍住社長の第一秘書をしております、松茂です」

「そ、総務部の那賀川です」

この方も社内では仕事ができ、社長の右腕と言われるほど有名な人だ。社長ほどではないがすらっとしたスタイル。少し色素の薄い髪と瞳でおとなしそうな雰囲気だが、実際のところは違うのだろう。

「では、こちらに。社長室にご案内します」

私はうなずくとドキドキする胸に一度手を当ててから、松茂さんについていった。

コンコンと松茂さんが社長室のドアをノックすると、すぐに「どうぞ」と返事があった。

緊張しながら私はごくんと唾を飲み込むと、先に中に入った松茂さんに続き部屋の中に入る。

「失礼します」

私が部屋に入ると、社長は窓を背にして重厚《じゅうこう》なプレジデントデスクに座りこちらに視線を向けた。

初めて入る社長室。広々とした空間に思わず目を瞠る。大きな窓からは遠くの景色がよく見える。有名な画家の作品らしい華やかな絵画が目を引く。商談で使用するのだろうか、革張りのどっしりとしたソファは素人《しろうと》の私が見ても高級なものだとわかった。

「そこにかけて」

ソファに座るように促《うなが》され、思わず松茂さんの方を見る。彼がうなずいたのを見て、ソファに座った。

なんとなくふたりきりにされずにほっとした。

「これ、返す。ちゃんと洗ったんだが大丈夫か？」

「はい、ありがとうございます。お手数おかけしました」

私は社長に頭を下げた後、松茂さんにも目礼《もくれい》した。

「どうして、あいつに礼を言うんだ？　洗ったのは俺だ」

「えっ！　社長が？」

絶対秘書の人に任せたのだと思っていたので驚いて失礼な声をあげた。

「当たり前だろう。俺が食べたんだから。そこで洗った」

社長室に備え付けてある簡易キッチンを指さす。

まさか社長が洗ったとは思わなかった私は気分を悪くさせたのだと、一気に胃のあたりが締め付けられる思いがした。

「す、すみません。私てっきり、社長はそういうことをなさらないのかと」

思い切り頭を下げたら笑われた。

「そんなに謝らなくてもいい。俺がなんでもかんでも秘書にさせていると思われていたのは心外だがな」

「あの、本当に申し訳ございません」

面白がられているのが、本気で怒っているのかわからずに慌てふためく。

するとその様子を見た社長は、口元に手を持っていって必死に笑いをこらえているようだ。

「社長、もうそのくらいで。那賀川さん、ずいぶんお困りのようですよ」

松茂さんの言葉で、からかわれているのだとわかって、少しほっとした。

「悪いな、そんながちがちでここに来るとは思わなかった。まるで五年前に面接したときみたいだな」

「え、覚えていらっしゃるんですか？」

たしかに最終面接は社長と役員ふたりの三対一で行われた。そのときも、もちろんすごく緊張していた。廊下を歩くときに手と足を一緒に出してしまうほどだった。

正直何を話したのかさえ覚えていない。内定の通知が届いたときは、本当に驚いて飛び上がったほどだ。

「那賀川梢、帝戸《ていと》大学卒業後、新卒で入社して五年目。入社時から総務部で勤務。遅刻、無断欠勤なし。勤務態度良好。現在は都内のマンションでひとり暮らし。実家は神奈川県、他に何があったかな」

私のことをそんなに把握していることに驚いて、目を見開いた。

「従業員全員を把握しているわけじゃない。ただ本社にいるやつの経歴くらいは頭に入っている」

「それでも、すごい記憶力だと思います。普通の人には無理です」

本社に勤務する人数だけでも、三百人近くいる。その一人ひとりを把握しているというのだから驚かずにいられるだろうか。

「ありがとう。記憶力だけは昔からある方でね」

わざと得意げに言う顔が、これまでの社長のイメージとは違って親しみやすく、緊張が少しとけた。

ただ、記憶力が良いと言うのであれば、下手なことを口にはできない。

お弁当箱は戻って来た。目的は達成したのだから口を滑《すべ》らす前に、さっさと退散した方が賢い。

「では、私はこれで失礼します」

立ち上がり頭を下げると、入口に向かって踵《きびす》を返す。一歩歩き出そうとしたところに松茂さんが立ちはだかった。

「うっ……」

私が逃げ出そうとしたのを察知したかのように、黙ったまま元いたソファに手を差し伸べ座るように促した。それは柔らかい仕草だったが、有無《うむ》を言わせぬ迫力があった。

なんて仕事ができる人なんだろう。こんなときなのに感心してしまった。

逃げられないと早々《そうそう》に観念して、元いた場所に座る。

気まずい思いをしながら、目の前に座る社長を見ると意味ありげな笑みを浮かべている。

「そんな逃げるようにして出ていかなくてもいいじゃないか」

「いえ、逃げるだなんて」

その通りなのだが、認めるわけにはいかない。私は張り付けたような笑みを浮かべるので精いっぱいだ。

「まさか本当に弁当箱を返す目的だけで君を呼び出したとでも？」

「あの……違うんでしょうか？」

何かあるに違いないと思っていたが、知りたくなかった。だからこそ逃げ出したかった。

「君に個人的に頼みたいことがある」

「個人的に……ですか？」

ますます嫌な予感がした。言われてみれば業務上のことであれば上司を通じて話があるのが普通だ。

個人的となれば何を頼まれるのかすら、わからない。なんとか断れないかと何度目かの悪あがきをしてみる。

「お言葉を返すようですが、私には何の取りえもなく社長のお力になれるとは到底《とうてい》思えません。どなたか別の方にご依頼されてはいかがでしょうか？」

角《かど》が立たないようにやんわりと拒否してみせる。普段目上の人にこんなふうに意見することなどほとんどない。しかし今は緊急事態だ。自分の身を守るために必要なのだから仕方ない。

しかしそれはにべもなく断られてしまう。

「いや、他の誰かではダメだ。那賀川さん、君じゃなきゃダメなんだ」

その言葉に、胸がドキッとした。

自分は取り立てて人に自慢できるような特技や見かけなど持っていないと理解して

いる。それは中学時代に幹がスカウトされてから、強く感じていたことだ。

芸能界の仕事を始めた幹はめきめきと頭角《とうかく》を現した。

その結果とても目立つ存在になった。もともと運動も勉強も私よりもできたのも相まって、人気者の幹の陰に私がいるようになってしまった。

もちろん幹が私を軽《かろ》んじたことなんて一度もない。むしろ誰かが私に意地悪な態度をとるようなことがあれば、かばってくれていた。

しかし世間は違った。とくに同じ学校に通っていたときは顕著《けんちょ》だった。一緒に歩いていて「那賀川」と呼ばれ振り向くといつも「君じゃない」と言われ続けた。

双子の私たちが比較されるのは仕方のないことだ。しかし幹ができるからって、私も同じようにできるわけじゃない。

周囲が勝手に私に期待してそれに応えられないことが続くと、私はいつしか「幹じゃない方」だと認識され始めた。

仕方のないこととは思いつつも、取り立てて取りえのない自分からどんどん小さな自信が奪われていった。

最終的に私は、自分が何も持たないものだと人より強く自覚するようになったのだ。

しかしそれは悪いことだけではなかった。何も持たないならそれなりに精いっぱい物事に取り組むようになった。自分がそうだから人が困っているときには敏感になれた。そういう人を見ると、祖母の血が流れているのか放っておけずに、おかげで時々おせっかいと言われるようになってしまった。

けれど、誰かの役に立っているのであれば、それが自分の唯一誇れることだ。

「那賀川さん?」

「あ、はい」

昔の思い出にとらわれていた私は、社長が私を呼ぶ声で現実に引き戻された。

「それで肝心《かんじん》の内容なんだけれど」

やるともやらないとも言っていない状態で、話が進む。

「ここからは会社の機密事項にもあたるから、心して聞いてほしい」

「え、そんな……」

そのような大切な話を聞いてしまったら、もう逃げられない。無理だと伝えようとしたけれど、押し切られてしまう。

「国外大手の会社と業務提携の話が出ている。しかしそこの代表が家庭を大切にする人でね。俺が未婚だということをすごく気にしている。家庭があってこそ一人前だと考える人なんだ」

「それは、困りましたね」

やっと絞り出した相手を気遣《きづか》う言葉だったが、向こうは私ができればこの話を聞きたくないと思っているのを察知しているようだ。

わかっているから、逃がさないように話を続ける。

「すぐに結婚相手が必要なんだ。でも今俺にそういう相手がいない。だから君にその婚約者役をやってほしい」

「婚約者役……ですか？」

「面倒ごとに巻き込まれたって顔してるね」

まさに心の内を言い当てられて顔が引きつる。隠したって仕方ないと思い素直に認めた。

「申し訳ありません」

「いや、普通はそう思うだろう。俺だってそう思ってるんだから。ただ我が社の大きな一歩になる大事な契約なんだ。なんとしても成功させたい」

もう一度念を押すように言った彼の目は真剣そのものだった。しかしそんな大切な仕事に関わると言われたら、ますます引き受けられない。

社長に意見するなんて、いつもの私なら考えられない。でも今は緊急事態だ。ちゃんと自分の思っていることを言わなければ大変な事態を引き起こしてしまいそうだ。緊張しつつも気持ちを強く持つ。

なんとか断る手がかりが欲しくてとりあえず一番疑問に思ったことを尋ねる。

「どうして私だったんですか？　社長と結婚したい相手はたくさんいらっしゃると思いますけど」

インディゴストラテジーの社長、藍住と言えば、雑誌やメディアの露出《ろしゅつ》も多くこれまで多くの浮名《うきな》を流してきたと聞いている。

若くして成功しており、おまけに誰もがうらやむような容姿をしているのだから、不思議ではない。

「失礼だけれど、君のことを調べさせてもらった。現在つき合っている相手もいない。勤勉で真面目《まじめ》、その上飯がうまい」

「それ……だけ……ですか？」

自分の評価とそう変わらない。ちゃんと分析しているのはわかったが、それなら他の人でもよさそうだ。

「何も私でなくても他にも適任の方がいらっしゃるはずです。申し訳ありませんがお断りさせてください」

私が断るのがわかっていたのか、社長はまったく焦りもせずに話を続けた。

「まぁ、君にあまりメリットが感じられないのだから普通は断るだろうな。たしか君には病気のお祖母様がいらっしゃるんじゃないのか。希望があればもっといい病院を紹介することもできるし、高額な医療を受けられるようにもする」

その発言に顔には出さなかったがムッとした。しかし、それでなぜ私だったのか理解できた。

たしかにそれは私にとってメリットだ。ただ悪気はないにしてもお金で買うような発言はいただけない。おそらく普段ならこんな言い方をしないのだろうが、きっと彼自身も困っているのだろう。

「ありがたい申し出ですけど、その祖母のためにもお断りさせてください」

「なぜ、断ることがお祖母様のためなんだ？」

たしかに言葉が足りなかった。普通祖母のためなら社長の申し出を受けるはずだ。

「そもそも祖母は治療を諦めています。でもきっかけがあれば、治療に前向きになりそうなんです」

「きっかけ？」

「はい、祖母は私の結婚を望んでいます。ですから、社長の〝婚約者役〟をしている時間はないんです」

そんな暇があれば、一縷《いちる》の望みをかけて婚活にいそしんだ方がいい。

私の言葉に社長は「そうか」とうなずいた。どうやら納得してくれたようだ。

おそらく社長は本気の結婚は望んでいない。望めばすぐに手に入るのに〝婚約者役〟を探そうとしているのは、結婚自体はしたくないのだと予想する。

だから本当に結婚したい私では彼の〝婚約者役〟をするのは無理だ。

「君は結婚したいんだな」

「はい。私が探しているのは結婚相手なんです。どうしてもっておっしゃるなら」

「言うなら?」

「私と結婚してください」

自分でもだいそれたことを言っていると思う。だが結婚をほのめかせば社長も諦めるだろう。社長もまさか本当に結婚するとなると「さすがに無理だな」と言うに違いない。

もちろん私は社長と結婚するつもりなどこれっぽっちも考えていない。だがこのくらいのことを言わないと、婚約者役にさせられてしまいそうだ。

「君の考えは理解した。俺とはどうやら意見が違うようだ」

私の気持ちが通じたとわかってほっとする。

しかし次の瞬間、やっぱり理解してもらえていなかったと再認識する。

「君がそこまで言うなら、俺と結婚しよう」

私は驚いて一瞬、彼が何を言っているのか理解できなかった。ぽかんと口を開けてまじまじと彼を見る。

まさかこの期《ご》に及んで冗談を言っているのだろうかと彼の顔を見る。彼の真剣な眼《まな》差《ざ》しから、本気だということが伝わってくる。

まさか、私の言っていることが唐突すぎて理解できなかったのだろうか。

「あの……私の話を聞いていらっしゃいましたか？　結婚相手の〝役〟なんてしている時間がないんですって」

「だから、本当に結婚すれば問題ないだろ」

「……あの、え、は？」

不敬だということはわかっているけれど、それでもこんな反応をしてしまうほど、社長の言っていることが理解できない。

まさか私の言うことを真に受けちゃったの？

「松茂、すぐに婚姻届の手配を」

「御意」

は？　ちょっと待って、何言っているの？

こちらが優位だと思ったのに一瞬で立場が覆《くつがえ》された。体から血の気の引いていく音がする。

「待ってください。本気なんですか？」

「あぁ、君が結婚したいと言ったんだ。今日でもいいが……なんだ日が悪いな。明日なら問題ないか」

いや、暦《こよみ》を気にする前に色々と気にしなくてはいけないことがあるだろう。

「何言ってるんですか？　結婚ですよ、結婚。私と夫婦になるんですよ」

「わかってるさ。君の望みを叶えるよ。よかったな、お祖母様も喜ぶだろう。なぁ、松茂」

「左様《さよう》にございますね。おめでとうございます。社長、奥様」

「松茂さんまで、本当に困ります」

なぜこの秘書はまったく驚くそぶりも見せずに、祝福の言葉を口にしているのだろうか。

なんでこんなことになってしまったのか。往生際《おうじょうぎわ》悪くごねている私に社長がきっぱりと言い切った。

「自分の言ったことに責任を持て。社会人ならば当然のことだ」

「それは……ごもっともです」

だけどまさか、こんなことになるなんて。誰が想像できるの？

私は、まだどうにか回避できないかと質問をぶつけてみる。

「あの、念のために聞いておきたいんですが、社長は恋人とかあの……いい感じの女性がいらっしゃるんじゃないんですか？」

彼のような人に特定の相手がいないとは考えづらい。

「いたら君とは結婚しない。それに俺好みのだし巻き卵を作れる人も簡単には見つからない」

それはそうだろうけれど、私は必死になって食い下がる。

「で、でも。社長ご自身がよくてもご家族は反対するんじゃないですか？　もっときちんとしたお相手を望まれるのでは？」

私を心配する祖母や幹がいるように、社長にもそういう家族がいるはずだ。それに加え相手は社長だ。会社のことを考えたらそう簡単に結婚相手を決められないはずだ。

漫画や小説でもよくあるもの。一般家庭のヒロインが、ヒーローに見初《みそ》められても家族に大反対されるなんて話や、結婚したとしても相手との家族とうまくいかないなんて話。

「うちは母親はすでに他界しているし、親父は海外で自由にやってる。連絡は年に一度取るか取らないか、俺の仕事も興味ないだろうから知らないだろうな。別に不仲なわけじゃないけどな」

「そ、そうなんですか」

それならば、結婚に関してとやかく言ってくることはないだろうけれど。

「それに食事の管理を君がしてくれれば助かる。松茂がうるさいんだ。飯をちゃんと食べろって」

「いえ、私の料理でいいなら、それは構いませんけど」

人に作って食べてもらうのは嫌いじゃない……って、これだと結婚を受け入れることになるじゃない。それじゃダメだ。

他に何か結婚が不都合になる理由は……。何か思いつかないかと必死になって考える。

「他には？」

鋭い視線を向けられて、焦って頭が回らなくなる。これ以上は何も思い浮かばない。

ギブアップだ。

「いえ、とくにありません」

「結構。では、行こうか」

立ち上がった社長を見上げる。

「あの、どこに行くんですか？」

「お祖母様のところだ。結婚の報告に行くぞ」

「え、待ってください。いきなり、困ります」

どんどん包囲網が狭まってきている。逃げ出せる可能性がゼロに近づいていく。

「いい報告なんだから、早い方がいい。松茂、車を表に回しておけ」

「かしこまりました」

どんどん話が進んでいる中、この場で焦ってあたふたしているのは私だけだ。

「そもそも俺は〝役〟だろうが〝本物〟だろうがどっちでもいいんだ。君と俺が本当に結婚する。これで全部解決。さぁ、行こうか」

ひとりで結論を出した社長が、動き出した。

焦った私はその場で立ち上がる。

「どこに行くつもりですか？」

「君のお祖母様のところだよ」

さっきから同じような会話が続いている。互いの言葉に納得していないせいだろう。

「それは困るってさっき言ったじゃないですか。そもそも何のために祖母に会うんですか？」

「もちろん、結婚の挨拶をするためだって言っただろう。お祖母様に結婚の報告をしなければ君が結婚する意味がなくなる」

「え、えええ～ちょっと待ってくださいっ！」

さっさと部屋を出て行く社長を必死になって追いかけた。廊下でちゃんと話をしようとしたけれど「他の人に注目されているけど、大丈夫？」と言われてしまい、口を閉ざすしかなかった。

事態は私の予想外の展開に転がっていった。


「俺が運転する。松茂は残って」

「かしこまりました」

うやうやしく頭を下げた松茂さんに最後の頼みとして、助けてほしいと視線を向けた。

しかし彼から返ってきた笑みは、私の願いをはっきりと断る意図が込められていた。

「ほら。ぐずぐずするな。面会時間が短くなる」

「……はい」

自分が「結婚したい」と言ったのは事実だ。しかしそれは断られることが前提だった。

こんな展開になるなんて普通は思わないだろう。

なぜあのとき結婚願望について口にしてしまったのだろうか。

いや、あのときはそういう話を持ち出したら、社長が別の人を探すと思ったからだ。

彼は本当の結婚をしたくないのだと思い込んでしまっていた自分が悪い。

しかし今になって悔やんでも遅い。

颯爽《さっそう》と歩く社長の後ろを、私は肩を落としてとぼとぼと歩いた。

第二章　インスタント夫婦

社長の運転する車で祖母の入院している病院までは、三十分もかからなかった。

一度も乗ったことがないような高級車だったが、それを堪能《たんのう》する余裕など一ミリもなく、いまだにどうしてこんな展開になったのかと考えているうちに到着してしまう。

今やっていることが正しいことだとは思えない、ぎりぎりまでなんとか回避できないかと考える。

駐車場に車を停めて社長がシートベルトを外した。

「あの、本当に行くつもりですか？」

往生際が悪い自覚はある。けれどすんなり受け入れられるわけもない。

「ここまできたんだぞ、何を今さら」

「でも……」

「君が行かないって言うなら、俺ひとりで行ってくる」

「え!?　そんなのダメです」

困惑している私を置いて彼はさっさと車を降りてしまう。このままでは本当にひとりで祖母に会いに行くに違いない。

私は焦って車を降りると、すでに病院のエントランスに向かって歩いている社長の背中を追いかけた。

時刻は間もなく十九時。病院の面会時間は二十時までなのであまり時間がない。

ちょうど夕食時らしく、病室の前には食事の匂いが漂っていた。

ナースステーションの前で、中にいる看護師さんに会釈をして祖母の部屋に向かう。

「こっちです」

私の後について社長が歩いているのを、すれ違う看護師さんや患者さんが見ている。それも無理のないことだろう。どうしても彼は目を引いてしまう存在だ。圧倒的な存在感。芸能人の幹とはまた違った目を引く人物である。

私もしかしたらとんでもない人と、とんでもない約束をしてしまったのかもしれないと思いながら、祖母の部屋の扉をノックした。

「おばあちゃん、来たよ」

四人部屋の奥。窓際のベッドに祖母がいる。カーテンが開いていたので顔を覗かせる。

「あ、また残してるっ。ダメじゃないちゃんと食べないと」

祖母の前にあるテーブルには、ほとんど手が付けられていない食事があった。それを見て、社長がいるのも忘れて思わず苦言が出る。

「だって、食べたくないのよ」

肩を落とす姿を見て胸が痛む。

自ら食堂を経営し食べることが好きで「食べることは生きること」だと言っていた祖母のこんな姿を見るのはつらくて悲しい。

「今度看護師さんに聞いて何か作ってくるね。やっぱりだし巻き卵かな？　あ、プリンはおばあちゃんより私の方が作るのうまいから、プリンにしようかな」

言葉がきつかったことを反省して、明るく話しかける。

祖母だって元気なら美味しいものをたくさん食べたいはずなのだ。私が責めても何の解決にもならない。

「あぁ、楽しみにしてる。え……と、それより梢、あちらの方は？」

祖母の視線が私の背後に向けられて、ハッとして今日の目的を思い出した。

「あの実は」

どう伝えればいいのか迷っていると、それまで後ろに控えていた社長が前に出て口を開いた。

「夜分《やぶん》にすみません。藍住と申します」

名刺を取り出し祖母に渡す。祖母は目を細めてそれを見る。

「梢の会社の社長さん……ですか。そんな方がなんでここに？　ん、藍住、藍住遼一……もしかして東西《とうざい》大学の学生さんだった、藍住君？」

祖母は驚いたと同時に、にっこりと顔をほころばせた。

「そうです、ご無沙汰《ぶさた》しています。梅さん」

そんな様子を見た私は驚きでふたりの顔を見比べる。互いに笑顔を浮かべ合っているが、何の説明もないので私はおいてけぼりだ。

なぜ、祖母が社長と⁉

私は驚きを隠せないまま尋ねる。

「もしかして、知り合いなの？」

祖母がうれしそうに声を弾ませる。

「あら、覚えていないかしら？　彼はうちの常連だったじゃないの。だし巻き卵に親子丼、オムライスも好きだったわよね？」

見事に卵料理ばかりだが、そう言われてみれば当時そのメニューを繰り返し注文する大学生がいたように思う。

「なんとなく、思い出したような。でもそれが社長なんですか？」

そのころの記憶が曖昧《あいまい》なのも手伝って、今の彼と結びつかない。

「覚えていてくださってうれしいです」

「歳を取ったせいかしら、昔のことはよく覚えているのよ。最近のことは昨日食べたものも忘れちゃうけど。いいから、ちょっとこっちにきて顔を見せて」

祖母に言われるままに社長は祖母の近くに立った。

「本当に立派になったわねぇ。しかも社長さんだなんて。すごいわぁ」

祖母は社長の手を取りぎゅっと握りしめている。彼は嫌がるそぶりもなくされるがままだ。

「梅さんが美味しいものたくさん食べさせてくれたおかげです。いつも注文してない野菜まで俺のテーブルに並んでいましたからね」

「そうだったわね。たしかあなたすごく嫌な顔していたのに、全部食べてくれたわね。おせっかいしてたわ。あのころは」

祖母の経営していた食堂の近くには大きな大学があり、そこの学生がよく食事に来ていた。当時祖母は小鉢や味噌汁《みそしる》をよくサービスしていたのを私も思い出す。

まさか社長がそのころの常連客だったなんて、まったく知らなかった。

「てっきり梢とそういう話をして、懐かしくなって会いにきてくれたのだと思ったのだけど違うのかしら?」

「いえ、今日来たのは別の目的があるんです」

和《なご》やかな雰囲気で昔話をしていたのに、急に現実に引き戻されて緊張する。

まっすぐに祖母を見られずに、ベッドの上に視線を移した。すると私の様子に気づいた社長が私の手を取りぎゅっと握った。

「実は今日は、梢さんとの結婚のお許しを得たく、まいりました」

言い切ると同時に彼が私の手を強く握りしめた。後ろめたい気持ちを必死になって無理やり浮かべた笑顔の裏に隠す。

「あら、まぁ。そうなの?」

祖母の顔が驚いたと同時にうれしそうにほころんだ。喜んでいる姿を見て、胸がズキンと痛む。

しかしここまできたら、この話をつらぬき通すしかない。これも祖母を思ってのことなのだから。

「こんなに素敵な人がいたなら、さっさと紹介してくれればよかったのに。それに変ねぇ。結婚する間柄《あいだがら》なのに、昔の知り合いだったこと話してなかったの?」

おばあちゃん、意外に鋭い。

まさかの質問攻めに、あたふたして目を泳がせる。

しかしそんな祖母の鋭い突っ込みに、焦る私を彼がきちんとフォローしてくれた。

「ご挨拶が遅れたことは申し訳ありませんでした。あと、俺が昔【那賀川】に通っていたのを彼女に言わなかったのは、彼女が自発的に思い出してくれることを期待してです。男の妙な意地みたいなものですかね。まぁ、結局彼女は全然思い出しませんでしたけど」

「ご、ごめんなさい。まったく覚えていなくて」

それに関しては本当に気が付かなかったのだ。申し訳ないとしかいいようがない。

でもせめて、ここに来る前には話しておいてくれてもよかったんじゃないの？

ちょっと不満に思うけれど、彼の協力なくしてはこの場を丸く収めることはできそうにない。

「結婚が決まるまで、期待させたらよくないと思って彼とのこと言わなかったの。今まで黙っていてごめんなさい」

「もうそんなに謝らないで。梢が幸せになるならそれでいいのよ」

〝幸せになるなら〟という言葉に罪悪感がつのる。それでも私は笑顔を浮かべ、最も大切なことを告げる。

「私の結婚が決まったんだから、おばあちゃんも手術受けてね。約束だったでしょ？」

私の言葉に祖母はしぶしぶうなずいた。

「そうだね、梢のウエディングドレス姿も、ひ孫の顔も見たいからね。手術しようかな」

「おばあちゃんっ！」

これまでかたくなに拒否していた手術を受けると言った祖母を、思い切り抱きしめた。

「絶対だよ、約束して」

「はいはい、わかったから」

私をなだめるように、祖母が私の背中をポンポンと叩いた。

確約を得た私は、安心して祖母から離れた。

「藍住君、梢は我慢ばかりしてきた子です。自分を大事にできない子。だからそのぶんあなたが梢を大切にしてくださいね」

祖母が社長に頭を下げた。

「おばあちゃん……」

祖母は私たちが愛し合って結婚すると思っているからこそ、こうやって社長に頭を下げた。

売り言葉に買い言葉ではないけれど、お互いにメリットがあり言い合っているうちに決めた結婚だと知ったら、祖母はどう思うだろうか。

祖母の私に対する思いを踏みにじっている気がして、胸が痛く笑顔が浮かべられない。

顔を背ける私の背中に、社長の大きな手のひらが添えられて顔を上げて彼の顔を見る。

彼は不安が顔に出ているであろう私に、優しく微笑んで祖母の方を見た。

「もちろん彼女を大切にします。梅さんの気持ちは決して裏切りません」

まっすぐに祖母に宣言する彼を見て、ドキンと胸が音を立てた。

なんで……こんなの、今だけの方便《ほうべん》に決まっているのに。

それなのに一瞬、彼の言葉が本気に思えてしまう。演技だとわかっていてもときめいてしまった。

「そう、藍住君任せたわよ。ふたりとも、本当におめでとう」

祖母が手を伸ばしてきたので、私は両手で彼女の手を掴んだ。そしてぎゅっと握りしめ、嘘《うそ》をついたことへの謝罪と、どうか手術が成功するようにという願いを込めた。

面会時間が終了するまで祖母と話した後、社長の運転する車に乗った。

私のマンションに向かう。

そして新たに勃発《ぼっぱつ》した問題に、今立ち向かおうとしていた。

「あの、今日から一緒に住む必要ありますか？」

車に乗るなり彼に『一緒に暮らすように』と言い渡された。相談でもお願いでもなく、彼の中での決定事項を告げられたのだ。

しかしすんなり「はい」とは言えない。

私は勢いに押されそうになるのに、なんとか抵抗しようとする。

「もちろん大ありだ。近いうちにさっき言っていた会社の代表が参加するパーティがある。君にはそれに参加してもらわなくてはいけない。それまでに早急《さっきゅう》に俺の妻らしくなってもらう必要がある」

たしかに今のままだと、社長ではなく夫として接するのに時間がかかりそうだ。契約を履行《りこう》するために彼に慣れなくてはならない。

理由としてはわかるけれど、長い間彼氏すらいなかった私が彼と暮らすとなれば一大事だ。覚悟を決める時間が一日くらいあってもいいはず。

「でも、今日急にっていうのは、ご迷惑ではないですか？」

なんとか少しだけでも時間が稼《かせ》げないか、悪あがきをしてみる。

「俺は気にしない。それに梅さんにも許可を取ったから問題ないだろ。善は急げって言うしな」

私の最後のあがきは、何ごともなかったかのようにさらっと流された。

私たちの計画が動き出してしまった以上、断れない。諦めた私はマンションに到着後、荷物をまとめるために部屋に向かう。

「あの……社長は車で待っていてください」

ついさっきまでは、他人同然だった人に部屋を見せるのは気が引ける。しかも男性となればなおさらだ。

「どうして？　荷物くらいは持つ。それとも見られたら困るような部屋なのか？」

しかし彼は〝なぜだ？〟と言うふうに首をかしげた。

「いえ、そんなことはないんですけど。弟以外、男の人部屋に入れたことがないので」

「弟がいいなら、俺もいいだろう。俺は夫だからな」

〝夫〟という響きに、ドキッとする。

ついさっき結婚を、しかも契約結婚を決めた相手をすぐに夫として見られるわけなどない。

「そんな、今はまだ他人ですから」

「じきに家族になる」

押し問答をしながら、廊下を歩く。三階の一番奥の部屋の前に到着した。

「本当に中に入るんですか？」

「もちろんだ」

きっとこれ以上言ったところで、無駄だろう。私は早々に諦めて彼を部屋に招き入れた。

「お茶でもいかがですか？」

「いや、片付けが面倒だろ。いらない」

たしかにすぐに社長のマンションに移るのだから、時間を考えるとゆっくりしていられない。

「最低限のものだけでいい。必要なものはその都度買えばいいし、引っ越し業者はこっちで手配しておく。君に任せておいたら、いつまでたってもここを引き払わないだろう」

「それは……そうですね」

覚悟ができていないのを見透《みす》かされた。

「梅さんに結婚を告げた以上、後には引けない」

「はい」

彼の言う通りだ。私はそれ以上何も考えずに、荷造りだけに専念した。

私があちこちバタバタしている間、社長は電話をしたりタブレットで何か調べたりして忙しそうだった。

そんなに忙しい中、わざわざつき合わせて申し訳ないと思い、必死になって体を動かした。

「だいたい、こんなものかな」

スーツケースに荷物を詰め終わり、周囲をざっと片付けた。

「終わったなら、これ運ぶぞ」

「はい。あっ、大事なもの忘れてた」

私はキッチンに向かって、卵焼き用の銅製のフライパンを取り出した。社長の食事も作るとなれば、ひとつくらい慣れた道具があった方がいい。それにこれは私にとって大切なものだ。

「特別なものなのか？」

「はい、祖母から譲り受けたものなんです。食堂をたたむときに多くのものは手離したんですけど、これだけは欲しくて譲ってもらいました」

「そうか。あのころそれで作っただし巻きを俺が食べていたんだな」

当時を思い出したのか、柔らかい表情を浮かべる様子を見て、彼の中に【那賀川】での記憶が残っているのだと思いうれしくなる。

「ありがとうございます。覚えていてくれて」

私にとって祖母と幹と過ごしたあの場所は大切な場所だ。それを同じように懐かしんでくれていると思うと胸が温かくなる。

「君が礼を言うことじゃないだろう」

「それでも、やっぱりありがたいです」

社長は私の言葉に返事をしなかったものの、笑みを浮かべてスーツケースに手を伸ばした。

「先にこれを運んでおくから、戸締まりしっかりしてこいよ」

「はい」

私はあちこち確認してから、卵焼き用のフライパンを抱えて彼の待つ車に向かった。

そして車に揺られること二十分。私は目の前にある豪華な建物をぽかんと眺める。

「すごい。あの、ここですよね？」

「あぁ。急遽《きゅうきょ》だったから俺の住むマンションで一緒に暮らすことになるが、気に入らなければ別の物件を探してもいい」

「いえ、そんな。めっそうもありません」

豪華な低層レジデンスは周囲からの視線を隠すように木々に囲まれていた。駐車場に車を停めて見上げると、五階建ての真っ白い近代的なデザインのマンションが私を出迎えた。

「すごい、素敵ですね」

幹の住んでいるマンションもそれなりのところだが、ここは比較にならない。

「全部で十五戸、家族で住んでいる人が多い」

エントランスに入ると、すぐにコンシェルジュが「おかえりなさいませ」と頭を下げた。社長は彼らの方へ出向くと、何かを受け取っている。

まさか出迎えがあるなんて思っていなかった私は、頭を下げながらエレベーターに向かって歩き出した社長についていく。

「エレベーターは鍵を持っている住人しか操作できない仕組みになっている」

そう言いながらエレベーター前のパネルに、鍵をタッチしている。

「はあ、すごいセキュリティですね」

オートロックさえない部屋に住んでいた私は、世の中の進化から少々取り残されていたようだ。何もかも最新のシステムが搭載されているこのマンションにいつか慣れるのだろうか。

「ほら、着いたぞ。ここで降りるのは俺たちだけだから」

「え?」

「このフロアはうちの一軒だけだ」

ということは今目の前に見えている廊下のずーっと奥まで、社長のお宅ということだ。驚きすぎてしばし言葉を失う。しかしぼーっとしている場合ではなかった。気を取り直して彼についていく。

「あの、ひとり暮らしですよね」

「もちろんだろ。まぁ、今日からはふたりだけどな」

玄関を開けてドアを押さえている。

「ようこそ、我が家へ。挨拶は『ただいま』だからな」

「え、はい。あの……ただいま……です」

ドアの中に足を踏み入れながら、初めて入るのに『ただいま』と言う違和感は拭い切れない。

「ぎこちないけど、そのうち慣れるか」

彼は鍵を玄関の棚の上に置くと、中に入って行く。慌てて私は後に続いた。

扉がいくつかある廊下を通り、奥にあるウォールナットの引き戸を開けると、かなり広いリビングが広がっていた。おそらく三十畳近くあるのではないだろうか。

天井高の大きなガラス窓からは、昼間には日光が差し込んでとても気持ちがいいに違いない。

五人はゆっくりと座れるであろうソファの横には、これまた座り心地のよさそうなひとり掛けのオットマン付きのソファがあった。

あそこでお昼寝したら気持ちよさそうだなぁ。

完全にモデルルームに来たときと同じような感覚でいた私は、社長の声で我に返る。

「とりあえず、何か飲むか？」

「あの、私がします」

そうだ、今日から私は彼の妻としてここに住むのだ。お客様ではない。しかし彼は気にする様子もなく私の言葉をスルーした。

「水か、ビールしかない。どっち？」

どうやら私がでしゃばる必要もないようだ。

「では、お水をいただきたいです」

冷蔵庫から出したてのミネラルウォーターが差し出された。

「ありがとうございます」

「荷物は後で部屋に運ぶから、そこに座って」

言われるままにソファに座り、一口ミネラルウォーターを飲む。冷たい水が喉《のど》を通っていく感覚に、結構喉が渇いていたのだと自覚した。

「君が荷造りしている間に、食事を頼んでおいた。届くまで少し話をしようか？」

「食事のこと、すっかり頭から抜け落ちてました」

「いや、今日は仕方ないさ。いつもまともな食事をしない俺からしたら別に問題でもなんでもない」

「すみません……」

「そんなにかしこまらなくていい。これから一緒に暮らすんだから、無理すると長続きしないだろ。それより、聞きたいことあるんじゃないのか？」

そうだ。昔なじみだったとしても、私は自社の社長の彼しか知らない。この際聞けることや取り決めを話し合っておくべきだ。

「あの、どうして【那賀川】に通っていたこと黙っていたんですか？　危うく私たちが即席の夫婦だって祖母にばれるところでしたよ」

「即席の夫婦って、インスタント夫婦か。いいなそれ。俺たちにぴったりだ」

のんきに笑っているが、私は納得ができない。普段多少理不尽《りふじん》なことがあっても黙って聞き流すようにしているが、今回は祖母のことがあるのではっきり言っておく。

「今度からは、ふたりの関係がばれるような事案に関しては事前にお知らせ願います」

「わかった、わかった」

社長はまだクスクス笑っている。本当にわかったのか怪しいものだ。

「それで、いつから私が【那賀川】の娘だって気が付いていたんですか？」

「入社時には気がついていた。それから何度か屋上庭園で君がうまそうに弁当を食べている姿を見た」

「え、知らなかった。まさか誰かに見られていたなんて」

私はずっと自分があの空間ではひとりだと思ってかなりリラックスしていた。それを見られていたかと思うと恥ずかしい。

「何度か見た。毎週火曜日。あそこの鍵、実は俺も持っているんだ」

「……声くらいかけてくださったらよかったのに」

どんな行動をしていたのか思い出そうとしても、なかなか思い出せない。

なぜ社長が私のお弁当を食べたがったのか、これで理解できた。懐かしかったのだろう。

「俺もびっくりした。卵焼きあのときの味だったから。他のもうまくて君の弁当を全部食べて悪かったな」

「いえ、でも結構アレンジしてあるから、祖母の味とは少し違うと思うんですけど」

「そうなのか、でも久しぶりに食事をうまいと感じた」

少し目を伏せた彼が、当時の祖母との出会いについて話してくれた。

「母が早くに亡くなったせいか、家庭料理に縁がないまま成長した。食事にも関心がなく学生時代は今よりも不健康だった。顔色も悪かったと思う。【那賀川】の前を通り過ぎたとき梅さんに呼び止められたんだ。お金いらないからご飯を食べていきなさいって」

「ふふふ、おばあちゃんらしい」

祖母は私に輪をかけておせっかいだ。当時学生さんに声をかけて何度も無料で食事をさせていた。

「えんじ色の暖簾《のれん》をくぐったとき、すごいいい香りがして。気が付いたときには出されたもの全部平らげていたんだ。それからは梅さんの料理のとりこだった。学生時代の俺の健康は梅さんの料理で保たれていたんだな」

「大げさな気もしますけど、でもうれしいです」

自慢の祖母を褒《ほ》めてもらえ、ご機嫌になる。

「だから、その梅さんがあんなふうに病床に臥《ふ》しているのを見るのは、俺もつらい」

「……はい。だからどうしても手術を受けてほしくて。でもなかなか前向きになれなかったみたいで」

祖母の回復が今の私の最大の願いだ。だから間違っていると理解したうえで社長との結婚を決めた。しかし祖母からの祝いの言葉に感じた後ろめたさを思い出し、目を伏せた。

「結婚を言いだしたのは君だが、罪の意識を感じる必要はない」

「社長」

どうして私の後悔が伝わったの？

驚いた私は顔を上げて彼の方を見る。すると真剣な目がこちらを捉えていた。

「梅さんは、俺にとっても命の恩人だ。その上今度は君に梅さんの代わりに俺の食事の世話を頼もうとしている。それに俺自身も立場上結婚をしていた方が楽なんだ。だから君は何も悪くない。むしろ俺にいいように使われている身だな」

「そんなこと……ないです。実際私が一番悩んでいたことが解決できそうなので」

正直社長が拒否するだろうと思っていた結婚話だったし、今でも本当にこれで正解だったのかと迷う気持ちもある。

しかし祖母が手術を承諾してくれたことで、私は本当にほっとした。

手術をすればまだ元気に生きられると聞いて、どうしても諦められなかったのだ。

私の人生で何よりも大切なのはこれまで育ててくれた祖母だから。

「だったら罪悪感なんて持たなくていい。そもそも君は俺に利用されているんだから。悪いのは俺だと思っていればいいんだ」

祖母に対する罪の意識を和らげようとしているのが伝わってくる。実際彼の言葉で私の気持ちが軽くなった。

「俺たちは今日から夫婦だ」

「はい」

私がうなずくと、彼がスーツの内ポケットから一枚の紙を取り出した。

「婚姻届……いつの間に」

「松茂に用意させて、コンシェルジュに預けていたものだ。これにサインを」

帰ってきたときに受け取っていたのはこれだったのだ。さすがというか、用意周到《ようい しゅう とう》というか。

言いだしたのは間違いなく自分だし、決心を固めたはずなのに、こんなふうにとんとん拍子で周囲を固められていくと、本当にこれでいいのかという思いがまた浮かんできた。

しかしそんな気持ちも社長はお見通しのようだ。

「まさか今さら、なかったことにできるとでも?」

わずかに挑発するような言い方に、単純な私は乗せられた。

「いいえ、約束は約束ですから」

私は社長が渡してきた高級そうな万年筆を握ると、一気に妻になる人の欄にサインした。そしてその後、社長も夫になる人の欄にサインする。

「問題は、ないな」

書面上はそうかもしれないけれど、私の心の中は不安でいっぱいだ。

「それで婚姻期間なんだが」

そうだ、これはお互いの利害関係が一致したというだけの結婚なのだから、永遠に続くわけではない。期間を設けて当然だ。

「祖母の手術までは順番もあるので半年、経過を見ても一年あれば問題ないはずです」

「わかった。俺の方もそのくらいの期間があれば、既婚の事実は周知できるだろうし、契約にも持ち込めるだろう。離婚後もし君が職場に居づらいというなら、後の就職の世話もする。不利にならないように財産分与《ぶんよ》も考えている。これらはすべて書面で残すつもりだ」

「財産分与については辞退します。最初に言いだしたのは私なので。再就職に関してはお力添えいただけるとありがたいですが」

「だがそれでは君がこの先――」

私は社長の言葉を、首を左右に振って遮《さえぎ》った。

「祖母が元気になり、仕事があれば問題ありません。この契約はお互いさまのはずです。私ばかりが何かを受け取るわけにはいきません」

いきなり「結婚してほしい」なんて願いを受け入れてくれる人は、この世の中を捜してもそうそう存在しないだろう。考え方によってはある意味、強運であったとさえ思う。

「わかった。契約書には最低限のことを記しておく。困ったときは互いに話し合いをすること。期間が決まっているとはいえ、俺たちは夫婦になる。婚姻中は普通の夫婦と同じように過ごすことになる」

夫婦という言葉を今日ほど意識した日はない。こんな形ではあるが自分にこんな特別な相手ができるとは昨日までは思ってもいなかった。

でももし他の人が相手ならば、受け入れただろうか。たとえ自分から言いだしたとしてもきっとどこかで逃げ出していただろう。

突然こんなことになってしまったけれど、祖母のことを一緒に心配してくれる彼が相手でよかったと思う。運命なんて大げさなものではないだろうけど、それでも何か縁のようなものを感じた。

「至らない点ばかりでしょうが、よろしくお願いします」

「こちらこそ、よろしく。奥さん」

お、奥さん！

自分がそう呼ばれるなんて思っていなくて、気恥ずかしくて顔が熱くなる。ちらっと彼を見ると、私の方を見て笑っていた。

「か、からかわないでくださいっ！」

怒ったふりで、羞恥心《しゅうちしん》をごまかした。

「別にからかってない。事実だろ。ただ、こんなことくらいで顔を赤くしてかわいいなって思っただけ」

しかしまたしても彼が恥ずかしくなるようなことを言う。かわいいだなんて、普段言われ慣れていないから急に言われてもどんな反応をしていいのか迷う。

目を泳がせてあたふたしてしまう。

そうこうしているうちに、社長が注文していたデリバリーが届いた。

夜遅いのを考慮してホタテの中華がゆを頼んでくれていたようだ。

「とりあえず先に、君の部屋に案内する」

社長が立ち上がり私のスーツケースを持ち上げた。廊下に出てすぐの扉を開けるとベッドだけが置いてある部屋に案内された。

「急だったから、とりあえずのものだけしか、家事代行サービスに依頼できなかった。明日以降必要なものを言って」

「はい。でも十分です。すごい寝心地よさそう」

部屋の真ん中にはセミダブルのベッド。今まで自分が使っていたものよりも大きくて思わず座ってスプリングを確かめた。

「今日は色々あって疲れただろうから、食事が終わったら先に風呂《ふろ》を使って」

「あの、社長は食べないんですか？」

「あぁ、普段は家ではあまり食事をしない。悪いが急ぎの仕事が残っているんだ」

「こんな時間までお仕事ですか？」

「インディゴストラテジー以外にもいくつか会社を経営している。基本的には人に任せているが、放っておくわけにもいかないからな」

「そうだったんですか」

仕事と聞いて時計を見た。すでに二十三時を過ぎている。こんな時間でもまだ仕事をするなんて、大変なのだろう。

「じゃあ、ゆっくり過ごして。あと、俺の部屋隣だけど、絶対に中に入るな」

「はい。わかりました」

すごく念を押されて不思議に思うが、自宅でも仕事をしているようだから機密事項がたくさんあるのが想像できた。

「じゃあおやすみ」

「はい。おやすみなさい」

社長が部屋を出て行くと、隣の部屋に入った気配がした。わずかに物音が聞こえて久しぶりに誰かと一緒に住むのだと実感する。

はぁ、なんだかもうよくわからない日だったな。

まさか自分の人生にこんなことがあるなんて思ってもいなかった。

しかし動き出してしまったのだから、今さら元には戻れない。社長を巻き込んでしまったのだから。

普通とは違うけれど夫婦になった。短い間でも彼を支えるのが私の役目だ。

考えがまとまると、急にお腹がすいてきた。

あ、中華がゆがあったんだ。さっきすごくいい匂いしてたんだよね。

間もなく日付が変わってしまう。しかし美味しいものを前にするとあらがえない。

私はリビングに戻ると、ダイニングテーブルに座って届けられた中華がゆを食べながら、周りを見渡した。

「ここが今日から私の家なんだ」

今までの自分の部屋との違いに違和感しかない。モデルルームのように美しいが、来たばかりなので自宅という感覚はない。

それでも慣れていかなくちゃ。

私は食事を終えると、キッチンの確認をした。驚くことに冷蔵庫には基本的な食材がそろっており、調理器具に関しては最新のものがずらりと並んでいた。むしろ私の部屋よりも環境は抜群にいい。

これも家事代行サービスの人がそろえたのかな。

そういうことも含めて、自分の知らない世界に立ち入ってしまった気になる。

色々と考え始めてしまうと止まらない。今は無で受け入れてしまうしかない。

私は片付けをしたあと、シャワーを済ませ、その日は何も考えないですむように早々にベッドに入った。

疲れ切った私は、寝心地の良いベッドに横たわるとすぐに夢の世界の住人になった。


スプリングのきしむ音がする。

自分が寝返りをうったときの音だと思い、そのまま目を開けずにまどろみ続ける。

体はもう少し眠っていたいと主張しているので素直にそれに従う。

「……い、おい」

誰かの声が聞こえた気がした。しかし夢と現実のはざまにいる私は即座に反応することができずに目をつむったまま寝返りをうった。

「おい、起きろ」

低くて聞きなれない声に、意識が覚醒《かくせい》してくる。目をパチッと開くと目の前に社長の整った顔が迫っていた。

「きゃあああああ」

思わず声をあげて、かけ布団《ぶとん》を引っ張り上げてその中に潜《もぐ》り込んだ。

「なんだよ、仮にも俺は夫だぞ。悲鳴を上げるな」

迷惑そうな声が、布団の外から聞こえてくる。

しかし反論する権利は、私にあるはずだ。

「で、でも、ここで何してるんですかっ!」

勝手に部屋に入ってこられ、しかもベッドの上に乗られたのだから、この反応は当然のはず。

「目覚ましが鳴ってるのに、君が止めないから心配して見にきただけだ。目が覚めたならそれでいい」

「えっ、嘘!」

布団から飛び出て時計を確認する。たしかに私がセットした時間が過ぎていた。

途端《とたん》にまるで社長に何かされたかのような反応をしてしまった自分が恥ずかしくなり、頬に熱が集まる。

まともに目を合わせられなくて逸《そ》らしたまま謝る。

「すみません、朝からお騒がせして」

自意識過剰な勘違いも甚《はなは》だしく、恥ずかしさで身の置き場もない。しかし社長はそのことに関しては特別気にしている様子もなかった。

「子供みたいな寝顔だった」

「な、なんですかそれ。セクハラです」

「ふーん、訴えたとしても夫婦だから、誰も取り合ってくれなさそうだな」

ベッドから降りた社長に「まだ正式には夫婦じゃないですよ」と往生際悪く言い返してみる。

「君はもっとおとなしいと思っていたけど、案外面白い子だな。だが俺を言い負かすのにはまだまだだな」

口元に手を当ててくっと笑っている。気分を害していないのはよかったが、何が面白いのかわからない私は黙ったまま彼を見る。

「悪い悪い、残念だけど……って言っていいのか。君はもう正式に俺の妻だ」

「え？　でもまだ届けを出していないですよね？」

彼の言っている意味が理解できずに、首をかしげる。

「いや、さっき出してきた。ジョギングのついでに」

婚姻届とはそんなふうにさらりと提出する書類だろうか。

「ついで、ですか」

よく見れば彼はトレーニングウェアに身を包んでいた。

「なんでも早い方がいいだろ。時間外窓口に提出してきた。あ、言ってなかったな。毎朝、走ってるんだ。ジョギングなら出張先でもできるからな。そうだ、君も一緒に走るか？」

昨日も遅くまで仕事をしていたはずなのに、なんてストイックなのだろう。たしかにハードワークをこなすには体力は必要不可欠に違いないけれど。

「いえ、遠慮しておきます」

朝はできるだけゆっくりしたい。

「そうか残念だな。と、いうことでもう君は俺の奥さん。わかった？」

「はい」

寝起きの頭でも理解できる。婚姻届を出したのだから私はもう彼の妻なのだ。

なんだかあっけないな。でも普通の結婚ではないのだから、こんなものなのかもしれない。

実感がないままぼーっとしていると、彼の手が私の方へ伸びてきた。驚いて一瞬固まってしまったが、大きな手が私の髪を優しく撫《な》でる。

「ここ、はねてる」

口元をほころばせた彼は、そう言い残すと部屋を出て行った。

その背中を見送りしばらくぼーっとしていた私は時計を見て我に返る。

「あっ、ご飯の準備しなくちゃ」

自分がここに来た目的のひとつを忘れるところだった。祖母のために約束を守り結婚してくれた彼。今度は私がしっかりと彼との約束を果たす番だ。

こうしちゃいられないと、ベッドから飛び降りた私は急いで着替えを済ませた。彼にはねていると指摘された髪が目立たないようにひとつに束ねると、エプロンをつけてキッチンに向かう。

リビングに社長の姿はなかった。自室で出勤の準備をしているのだろうと思い早速料理に取り掛かる。

彼の好き嫌いなどはわからないけれど、昨日のお弁当を美味しいと言っていたので、とりあえず和食にしてみる。

彼は水とビールしかないと言っていたけれど、家事代行の人がちゃんと食材を用意してくれていた。それを使って朝食と昼のお弁当の準備を始める。ご飯だけは昨日のうちに炊飯器にセットしておいたので、間もなく炊き上がるはずだ。

グリルで鮭を焼きながら、頭の中でメニューを組み立てる。作り置きがないうえに初めて使うキッチンなので、少し時間がかかりそうだ。

社長は朝食を食べるかどうかわからないから、軽いものにしておく。

とりあえず手を動かしながら、あれこれ考える。

味噌汁の準備をして炊き上がったご飯をボウルに出し、焼きたての鮭をほぐしていく。

「熱いっ」

慌てていたので、冷めきっていない鮭を素手で触って思わず声が出た。

「大丈夫か?」

心配そうにキッチンに顔を覗かせたのは、社長だ。スポーツウェアからスーツに着替え出勤時のスタイルになっている。

「少し熱かっただけなので平気です。もう少しでできますから。食べて行ってくださいね」

「俺のもあるのか？　朝からありがとう」

素直に受け入れてくれてほっとする。

これまでは男性のひとり暮らしだし、もともと食に無頓着だと言っていたので、朝食はとらなかったに違いない。

だから拒否されても仕方ないと思っていたのだけれど好意的に受け取ってもらえたようだ。

祖母の代わりにご飯を作ってほしいって言われているのだ。できればしっかり食べてほしい。

「食事はありがたいけど、無理しなくていいからな」

「お気遣いありがとうございます。でも料理は趣味みたいなものなので。まあでも、特別なものは作れませんけど」

「いや、あの卵焼き作れるだけで特別だろう」

私の作るご飯を認めてくれているということだ。プレッシャーを感じるが、期待されないよりはいい。

何もできないって言われるよりはずっとまし。

私は張り切って手を動かし、朝食の準備をした。

ダイニングテーブルには、鮭と小葱《こねぎ》、鰹節《かつおぶし》とゆかりのおにぎり。それと油揚げとえのきの味噌汁。トマトの塩こうじ漬け。本当はもう少し時間を置きたかったけれど、彼の出勤時間が近づいてきているので仕方ない。

「いただきます」

丁寧に手を合わせる姿を見ていたら、急に昔のことが思い出された。彼は当時もこうやってきちんと手を合わせて食事をする人だった。

食べることに興味がないのに、食べ物に対する感謝はきちんとするなんて不思議だな。

そんなふうに思いながら彼を見る。あまり食が進まないようならば、メニューを考えなおさないといけない。

しかしその心配は杞憂《きゆう》に終わったようで、彼はゆっくりと食事を進めた。

「量は問題ありませんか？」

「あぁ、問題ない。それにすごくうまい。ありがとう」

「よかった！」

時間がなかったのもあるが、彼が私の食事に本当に満足できるのか心配だったのだ。

「そんなに心配していたのか」

「半信半疑というか、やっぱり祖母の料理と私の料理は違うので」

正確に言えば祖母の作ったものの方がいいのだろうが。

「まぁ、そうだろうな。俺自身もびっくりしてる。でも今食べて確信してる。やっぱりうまい」

彼が私の作った食事を美味しいと思う理由ははっきりしないけれど、それでも自分の作った食事を笑顔で食べてくれるのはうれしい。

「よかったです。約束が果たせそうで。お茶かコーヒーどちらか淹《い》れましょうか？」

「じゃあ、お茶で。コーヒーは仕事中に秘書が淹れたのを飲むから」

「わかりました」

私は彼にお茶を用意して、お弁当の準備に取り掛かったのだが。

「悪い、もう出るから。弁当は社長室まで届けて。時間があれば一緒に食べよう」

お弁当を作ること自体は構わないが、届けるとなるとハードルが高い。その上聞き間違いだろうか『一緒に食べよう』なんて言っている。

「え、私がですか？　一般社員が出入りしていたら不審がられますよね？」

普段は役員しかいないフロアに、私がうろうろしていたら目立つに違いない。

「別に問題ない、いや。昼までには問題ないようにしておく」

どうやって？　と聞きたかったけれど、彼はすでにビジネスバッグを手にしている。引き留めるわけもいかず、私は玄関に向かう彼を追う。

玄関に到着して靴を履こうとする彼に靴ベラを差し出す。小さなころ父を見送る母がやっていたので、なんとなくそうした。

一瞬動きを止めた彼だったが、それを受け取り靴を履くと「ありがとう」と微笑んだ。

「いってらっしゃい」

「あぁ、いってくる」

玄関を出ていこうとした彼が、急に振り向いた。

「なんか、人と暮らすのって不思議な感じだな」

「え、そうですね。私も久しぶりなので」

思い返せば、こうやって誰かが出かけるのを見送るのはいつぶりだろうか。

「なんとかやっていけそうか」

「まだ、なんとも」

「それもそうだな」

彼は何か言いたそうに口を開きかけたがそのままドアを閉めて行ってしまった。

キッチンに戻りながら、考えるのは社長のことだ。

最初は強引なところばかりが目立った彼だったが、私のことをないがしろにしているわけではない。昨日一日だけでも何度も彼の気遣いを感じた。

『困ったときは互いに話し合いをすること』

彼が婚姻届に記入するときに言った言葉だ。これから期間は決まっているが、彼の妻となるのだから。心配ばかりしていても仕方ない。

私はお弁当箱を前に、ご飯を詰めながらきっと大丈夫だと自分に言い聞かせた。

しかし『大丈夫だ』と自分に言い聞かせたのはただの思い込みにすぎなかったことをすぐに私は実感する。

慣れないキッチンでふたり分のお弁当を作っていたせいで、会社に到着するのが遅くなってしまった。明日からは時間配分に気を付けないといけない。

反省しながらエントランスを抜けて、入口のセキュリティでIDカードをかざしゲートを抜ける。エレベーターホールでエレベーターを待ち総務部のある五階に向かう。

「おはようございます」

すれ違う人には挨拶をするように心掛けている。挨拶を返してくれる人もいれば、そうじゃない人もいるが別に気にしたこともなかった。しかし今日はなんだかいつもと様子が違う。

見られてる？

気のせいかと思い顔を上げると、間違いなく周囲からの視線を感じる。しかもひとりやふたりではない。何が起こっているのか具体的にはわからないが、間違いなく何かが起こっている。

不安に駆られながらも、就業開始時刻まで時間がないのでそのまま総務部の自分のデスクに向かう。

「おはようございます」

隣の席に座る二年先輩の勝浦《かつうら》さんに、いつも通り挨拶をしながら自席に着く。しかしいつも通りの「おはよう」は返ってこなかった。

「那賀川さん……あの、おめでとうでいいのよね？」

「え？」

何に対する祝いの言葉なのかわからずに聞き返していると、名前を呼ばれた。

「那賀川さん、こっちに来て」

笑みを浮かべる総務部長に手招きされる。様子からして良くない話ではないはず。ただ勝浦さんが言った『おめでとう』が気になる。

「部長、おはようございます」

「おはよう。いや～もう、水臭いよ。那賀川さん。上司の僕にはこっそり教えてくれていたらよかったのに」

「え、何のことでしょうか？」

勝浦さんといい部長といい、何を言っているのか理解できない。詳しく話を聞こうとした瞬間、フロアがざわめいた。

何があったのかと入口に顔を向け、そこにいる人物を見て息が止まる。

な、なんで社長がここに。

いや、彼の会社なんだからここに来るのはおかしなことではないので、変に思う必要はない。そのはずだが、嫌な予感がひしひしとする。

できるだけ視線を合わさないですむように、視線を床に向けてじっとする。

「社長、お待ちしておりました。こちらに」

な、なんでこっちに呼ぶの？

慌てた私は小声で部長に告げる。

「では、私は席に戻ります」

「いや、何言っているの？　君はここにいてもらわなきゃ困る」

嫌な予感がどんどん真実味を帯びてくる。

いつもよりも多い周囲からの視線。勝浦さんの『おめでとう』という言葉。始業してすぐに突然現れた社長。部長にここにとどまれと言われたこと。

それらを総合すると……。

しかし自ら答えを出す前に、目の前に社長がやってきた。そしてためらうことなく私の隣に立ち、そっと背中に手を添えた。

もうこれだけで、彼が何をしようとしているのかわかってしまった。わかってしまったがゆえに、ここを離れるのは許されないとさとる。

「みなさん、おはようございます」

社長の言葉にフロアの全員が「おはようございます」と返す。もちろんこちらに注目している。

私は彼の隣で、ドキドキする心臓と手のひらにかいた汗を、どうにかしたいと思いながら立っている。これまでこんなに人の注目をあびたことのない私にとっては拷問のようだ。

「さて、今朝わたしからのメールで発表させてもらったのですが、あらためて」

何を？　と聞かなくてもわかる。それよりももう発表していたことが驚きだ。

思わず彼の方を勢いよく見てしまう。

彼はそんな私ににっこりと満面の微笑みを返した。その笑みは傍《はた》から見ればイケメンの素晴らしい笑みに見えるだろうが、私には妙に圧をかけられているような気がしてならない。

今は少しの反論も許される余地がないと判断して、私はまたおとなしく周囲からの視線を避《さ》けるように床に視線を落とした。

だからあんなに、廊下でもジロジロと見られていたのだ。すでに包囲網は敷かれており一切《いっさい》逃げ出すことはできないと諦めた。

まさか昔から培《つちか》ってきた諦めスキルがこんなところで役に立つとは。

諦めたからといって開き直れるような性格だったらよかったのだけれど、あいにくずっと〝じゃない方〟で生きてきた私は、みなの注目をあびるのに慣れていない。

スポットライトのおこぼれの光が届くか届かないかのところが自分の居場所だということはわかっている。だからこそ社長の隣に立たされるのはこの上ない苦行《くぎょう》だ。

「わたしと総務部の那賀川梢さんは結婚しました。ここは彼女の働くフロアなので直接報告に来ました」

社長は私に小声で「顔を上げて」と伝えてくる。仕方なく従うと多くの視線に晒《さら》され体が固まった。

「結婚はしましたが、彼女は旧姓のままここでこれまでと同じように働くことを望んでいます。わたしの身内が近くにいて働きづらいと思うことがあるでしょうが、どうか彼女には今までと同じように接していただきたい。よろしくお願いします」

隣で彼が頭を下げたので、慌てて私もそれに従う。内心「なんでこんなことに」と思いながら。

するとフロアから拍手が沸き起こる。社長の隣にいる総務部長はひときわ大きな音を立てて私たちに笑みを向けていた。

「ほら〝梢〟、君からも一言」

さらっと名前を呼ばれて、驚いて目を見開き彼を見る。

しかし相手はさも「いつもそうしています」かのように自然に私に微笑んだ。さらっと演技をする彼に感心しつつも私が何か言わないと、この場が収まらないと思い口を開いた。

「みなさん、今後ともよろしくお願いします」

まるで取引先にするような定型文しか出てこない。まだ何かあるだろうと周囲の期待を感じ焦る。

これ以上何を言えばいいの……？

焦った私を助けてくれたのは、社長だった。

「実は彼女には今日発表するとは言ってなかったので、突然注目をあびて緊張しているようだ。悪かった」

「いいえ」

頭を振って答える。

「かわいい妻ができて、早く自慢したかったんだ。みんなつき合わせて申し訳ない。仕事に取り掛かってください」

わずかに恥ずかしそうにするその表情を、社員たちは温かく受け入れている。

そう、私以外は。

なんでそんなに演技がうまいの？

ちらっと隣を見ると、穏やかに笑う社長がいる。

いや、社長はもともとこういう印象の人だ。部下とは一線を引いているし仕事には厳しいものの、どなったり威張ったりするような態度は見せない。

私も遠巻きに見ていたときは皆と同じイメージだった。

しかし昨日から彼に対する私の中の評価が一変している。

こんなの、詐欺《さぎ》じゃない。

心の中で文句を叫びながら、引きつった笑顔を浮かべるしかない。

「じゃあ、梢。また後でね」

優しい旦那様の仮面をかぶった社長は一言残して去っていく。ぼーっとしてたら彼はすでに廊下に出てしまっていた。

あ、待って。

私はどうしても一言言いたくて彼を追いかける。

「微笑ましいねぇ」

背後から総務部長のからかい混じりの声が聞こえた。まったくそんなんじゃないのに。

「社長、藍住社長。お待ちください」

エレベーターに向かう社長に声をかけると、彼は足を止めて振り向いた。

「ん？　どうかした？」

「どうかしたも、何も……」

そこで廊下にいる社員たちの注目をあびていることに気が付いて、彼の手を引いて誰もいない非常階段に引きずり込む。

「なんだ、そんなにふたりきりになりたかったのか？」

「な、何言ってるんですか！　変なこと言わないでください」

こっちは真剣なのに。

「悪い悪い。で、何か話でも？」

私は呆《あき》れてしまった。なぜ、ここに連れてこられたのかまったくわかっていないのだ。

いや、彼のことだからわかってないふりをしているのかもしれない。

「どうして、みんなに結婚したことを発表したんですか？」

「そうしないと意味がないだろう。俺が結婚したって周知しないと。取引先だけに伝えるって言うのは無理があるだろう」

それは彼が言っていることが正しい。そのために彼は私との結婚を受け入れたのだから。

「それはそうかもしれませんが、でも今日じゃなくてもよかったですよね」

こちらにも心の準備が必要だ。とくに今まで誰かの陰で目立たないようにして過ごしてきた私には。

「悪かったと思ったから、さっき謝罪しただろ？」

反省しているのかどうか怪しい。

「せめて事前に知らせてください。対処に困ります」

「言ったじゃないか」

「聞いていません！」

私が聞き逃したのだろうか。しかしそんな話題はなかったはずだ。今朝の会話を思い出していると、引っかかる箇所があった。

『別に問題ない、いや。昼までには問題ないようにしておく』

まさかと思い彼の方を見ると得意満面な顔をしている。私が思い出したのがわかったようだ。

「〝問題ないようにしておく〟ってこういうことだったんですか？」

「そう。君が俺の奥さんなら社長室に出入りしていても何も問題ないだろう？　いい考えだ」

どや顔に呆れてしまう。もっと他の方法があっただろうし、私に対して言葉足らずだ。

「わかりました。もう今さらどうしようもないので。でも次からは絶対に、何かあるときは相談してください」

私はきつく念を押す。しかし向こうは軽く捉えているようだ。

「そうだな、俺たち夫婦だからな」

まるでからかうような態度に、ムッとする。

「ふたりきりのときまで、愛妻家の演技しなくていいですから。では失礼します」

わざと他人行儀《ぎょうぎ》に、丁寧なお辞儀《じぎ》をして距離をとる。

「昼、よろしくな」

そうだった、それもあった。嫌なことを思い出し、足取りが重くなる。

でもこれも自分が言いだしたことが発端《ほったん》になっている。向こうに文句ばかり言うのも筋違いだ。ただここまで大変になるとは、あのとき思ってもいなかった。そもそもすんなり受け入れられるはずなどないとたかをくくっていたのだから。

「はぁ」

当分は周囲から興味のこもった視線を向けられるだろう。そう考えると憂鬱《ゆううつ》だった。

周囲を気にしながらデスクに戻ると、早速勝浦さんが椅子を近づけてきた。

「本当びっくりした。でも、よかったね。おめでとう」

「あ、はい。ありがとうございます。あの……」

勝浦さんのおめでとうは素直に祝福がこもったものに思える。

「ん？」

「突然で変だとは思わなかったですか？　あの、私と社長の結婚」

あぁ、と私が聞きたかったことを納得したうえで「ん～」と少し考えてから返事がきた。

「驚いたけど、変とは思わなかったわね。だって同じ会社で働いているんだから接点はあるし、うちの会社、社内恋愛が多いでしょう？」

「そうですね」

たしかにみんな割とオープンにつき合っているし、結婚しているカップルも少なくない。

「それになんかうれしかった。社長の相手がいつも社長にワーキャー群がっているような子とか、芸能人とか、財界きってのお嬢様とかじゃなくて、那賀川さんだったことが」

「どういう意味ですか？」

彼女の意図することがわからずに、首をかしげる。

「私のお気に入りの那賀川さんのこと見つけるなんて、社長って見る目あるなって」

「いや、そう思ってるのは勝浦さんだけですよ」

彼女は、私の自信のなさをずっともったいないと言ってくれる貴重な人だ。

「いや、人妻になったからばらすけど、那賀川さんを紹介してほしいっていう人何人かいたのに、飲み会とか全然来ないから」

「それはきっと便利だからですよ。総務の私と仲良くしておけば」

小さいころからそうだった。仲良くしようと近づいてくる人は、たいてい幹が目的だ。何か思惑《おもわく》なく私に近づいてくる人は本当に貴重なのだ。

だから勝浦さんのように、私を知ってもなお仲良くしてくれる人は大切にしたい。

「私の口から伝えたかったです。結婚のこと。ごめんなさい」

頭を下げた私の肩に、勝浦さんが手を乗せた。

「相手が社長なら仕方がないわよ。気にしないで。それよりも発表したからにはなれそめを聞きたいわ。ねぇ、今度飲みに行こうね。逃がさないからね」

「え、ええ。あのお手柔らかに」

勝浦さんの顔を見て本気だとさとる。そのときまでに何かしら話せるエピソードができているといいのだけれど。

これからしばらくはまだ胃の痛い日が続きそうだ。

午前中あちこちから結婚のお祝いの声をかけてもらい、作り笑いを浮かべて対応した。どうやらそれを照れ笑いだとみんなが都合よく解釈してくれたおかげで、運よく乗り切れた。

やっと昼休憩《きゅうけい》になる。いつもなら山のような仕事を忘れてほっとするひとときになるはずだが、今日はそうはいかない。むしろこれから社長室に向かう緊張感でいっぱいだ。

役員フロアに行くだけで緊張する。社長は『問題ないようにしておく』と言って、結婚を公表したが、だからと言って行きづらいのは変わりない。

「あ~もう、明日からは絶対に朝持っていってもらおう」

エレベーターの中で固い決心をする。

役員フロアに降り立ちそのまま社長室に行けばいいのか迷う。昨日は松茂さんが迎えにきてくれたのだが今日はいないようだ。

仕方なく役員用受付に向かい名乗る。

「総務部の那賀川です。社長と約束があるんですが」

一瞬受付にいる女性の視線が、私を値踏みした。普通の人なら気が付かないだろうけれど、いつも幹と比較されていた、私は、何度もその経験があるのでわかってしまう。

だからと言って彼女が悪いわけじゃない。誰だって社長の相手が私ならそういう目で見るだろう。仕方のないことだ。

彼女はにっこりと笑い、立ち上がった。

「奥様でいらっしゃいますね。社長は今会議中です。中でお待ちいただくようにとことづかっています。こちらにどうぞ」

会釈をして彼女についていく。後ろから見て素晴らしいスタイルだと同性ながら感心する。すらりと長い足に高いヒールがよく似合う。束ねられた黒髪は手入れが行き届いているのか艶々《つやつや》だ。

こういう人が、社長の相手ならみんなが納得するんだろうな。

あのとき「結婚」なんて口走ってしまった自分は、おこがましすぎた。

「どうぞ、こちらに。お時間があればご挨拶させていただいてもよろしいですか？」

さっと彼女が名刺を差し出す。

「社長の第二秘書をしております小松島《こまつじま》です。どうぞよろしくお願いします」

「あのこちらこそ。総務部の那賀川です。すみません、名刺はデスクに置いてきました」

しっかりと受け取りながら謝罪する。

彼女はとくに気にする様子もなくにっこりと微笑んだ。完璧《かんぺき》な身のこなしに感心する。

「よければお飲み物をご用意いたしますが」

そう言われてふと今朝のことを思い出した。コーヒーは会社で飲むと彼が言っていた。社長秘書の彼女なら彼の好みを知っているに違いない。

「あの、社長のコーヒーも小松島さんが淹れてるんですよね？」

「はい、朝は必ず。日中も何度か」

「あ、やっぱり！　彼の好みってどういうのですか？　決まってる豆の銘柄《めいがら》とかありますか？」

ここで聞いておけば、自宅でもすぐに彼の好みのものを出せる。知っている人がいてよかった。

「あの、奥様は社長の好みをご存じないんですか？」

「あっ……」

これまで隠していたであろう冷ややかな視線を向けられて、しまったと思う。

「ご結婚までされたのに？」

自分のことなら笑ってごまかすか聞き流すけれど、彼の結婚に疑いをもたれてはいけないと思い慌てて言い訳をする。

「あの、彼とは昔ちょっとした知り合いで。最近再会して、すぐに結婚したので、ここ最近のことはあまり詳しくなくて」

嘘はついていない。だけれど真実かと言われるとそれも違うぎりぎりのラインで答えた。

「再会してすぐに結婚。何ごとにおいても思慮深い社長が？」

話せば話すほど、どんどん追い詰められていっている気がする。ランチバッグを持っている手のひらに嫌な汗がにじむ。

「それは……」

そのときノックもなしに扉が開き、社長が中に入って来る。

「梢、お待たせ」

「あっ、社長」

ちらっと小松島さんが私の方を疑わしげな顔で見る。

「あっ」

きっと社長と呼んだのに違和感を持ったのだろう。

さっきから墓穴しか掘ってない。いっそその穴に入ってしまいたい。

「あぁ、会社にいるときは〝社長〟と〝那賀川さん〟だったな。悪い」

まるでそんな打ち合わせをしていたかのように、自然にふるまう社長に助けられた。

そのおかげか小松島さんは会釈をすると、社長室を出て行った。

「はぁ～危なかった」

「何かあったのか？」

「何かっていうか、もう何もかも……午前中だけで疲れました」

入社して今日が一番気を遣っている。そんな気がする。

ぐったりしている私をよそに、社長は機嫌がよさそうに手を差し出した。

そうだった、私がここに来たのはお弁当を届けるためだった。

「あ、これ今日のお昼です」

「卵焼きは？」

「入れましたけど……」

「そうか」

私の前に座りお弁当を広げた彼は、中身を確認して食べ始めた。

「いただきます」

「どうぞ。では私はこれで」

「どこに行くんだ？」

立ち上がろうとした私は、中腰で彼の質問に答える。

「え、休憩室ですけど」

「その必要はないだろう。ここで食べればいい」

なぜ出て行くと聞かれて「ここだと落ち着かないから」とはっきり言えればよかったのだが、それを許される雰囲気ではない。にわか夫婦であるが、やっぱり相手は社長なのだ。圧倒的に分《ぶ》が悪い。

「はい、では。お言葉に甘えて」

しかし会話が弾むということもなく、互いに黙々と食べる。沈黙に耐えきれずに口を開いた。

「あの、美味しいですか？」

「あぁ、すまない。感想くらいは言うべきだったな」

本当に食べることに集中していたようだ。

「うまいよ。悪いな、もっと言い方があるのかもしれないが、慣れてなくて」

「あの、いいですよ。伝わってますから」

申し訳なさそうに言われて意外だった

「昨日も言ったが、家族で食卓を囲んだ記憶がほとんどない。だから感想を言い合ったり相手の反応を見たりして食事をする習慣がないんだ」

私も社会人になってからはひとりで食事をすることが多かったが、祖母と暮らしているときはたいてい食堂のお客さんが話し相手になってくれていた。逆に寂しい食卓の記憶があまりない。

「君は食堂では、いつも誰かと食べていたね」

「覚えてるんですか？」

「あぁ、まあな。俺は君と違って誰かと食事をするのに慣れていない。不快な思いをしたなら言ってほしい」

「いえ、全然。逆に社長は私がいても平気なんですか？」

ひとりが慣れているなら、そっちの方がゆっくりできるのではと思い、聞いてみる。

「俺が君にここにいてほしいんだ。だから君が嫌じゃなければここで一緒に食事をしよう」

できればゆっくりとしたいけれど、彼が何かを思って「一緒に食事を」と言っているのであれば、それに従おうと思う。

期間が決まっていたとしても、私たちは夫婦なのだから相互理解を深めるべきだ。

「はい」

社長は食べ終わったお弁当箱の蓋《ふた》を閉じながら私に尋ねた。

「こちらが頼んだこととはいえ、面倒じゃないか？　ふたり分の食事を作るのは」

「いえ、たしかに気は遣いますけど思い出しました」

「何を？」

社長は不思議そうな表情でこちらに視線を向ける。

「人にご飯を作って、食べてもらうの好きだったな、って。だから好きなことをしているので、そこはあまり気にしないでください」

今日料理をしていて思い出した。祖母と幹と暮らしているときも、食べてくれる人を思って作る料理は楽しかったのだと。それを久しぶりに思い出せて新鮮だった。

ただ相手がいつも美味しいものを食べていそうな社長なので気を遣うのだ。

「君にそう言ってもらえると助かる」

「社長は私と取引をしたんですから、気にする必要はありませんよ」

私と結婚してくれた代わりに、彼の妻としての役割を果たし、ついでに食生活の改善をする約束なのだから。

最初は受け入れられないと思って提示した条件だったが、社長も結婚していた方が都合がいい事情があったせいか最後には乗り気の向こうに押し切られた。すぐに祖母に挨拶に行ってくれ、おかげで祖母は手術に前向きになってくれた。

彼が私に差し出した〝結婚〟というものも相当なものだと思う。だから私を気遣う必要なんてない。

「そうだったな、君と俺とは取引をしたんだったな」

彼がまだ何か言いたげにしていたけれど、そろそろ昼休みが終わる時間だ。私は慌てて机の上を片付けると社長室を後にした。

「下の階に用事があるので、ご一緒します」

エレベーターを待っている間に隣に立ったのは、社長の第一秘書である松茂さんだ。一緒に中に乗り込んだときに、気になっていることを聞いた。

「松茂さんは、社長と私の結婚をどう思っていますか？」

「おめでとうございます。とだけ」

すんなりそう答えたが、私が欲しい答えではない。

「上辺《うわべ》ではそうでしょうけれど。私では、つり合わないとお考えにはなりませんか？」

本音が聞きたくてズバリ尋ねた。

松茂さんは社長の右腕ともいえる人だ。それに仕事だけではなく、彼の食事など私生活も心配していたようなので何かしら考えているのではと思ったのだ。

「誰かに何か言われたのですか？」

松茂さんの問いかけに私は、はいともいいえとも判断がつかない曖昧な笑みを浮かべる。

それを見た彼は口を開いた。

「私は社長のプライベートに口を挟む立場にありません。ですが心配しているつり合いなどは些細《ささい》なことです。それよりも社長があなたを選んだという事実が何よりも大切ですから」

「そうですか……」

答えになっているような、なっていないような返事があった。

「ええ。何をそんなに気にされているのかわかりませんが、わたくし自身は今回の社長と奥様のご結婚は大変喜ばしいことだと思っていますよ」

思いがけず、ここでも祝ってもらい、恐縮するしかない。

「あ、ありがとうございます」

そんなやり取りをしていると、松茂さんが降りる階になった。

「では、また」

「はい。お疲れさまでした」

頭を下げると扉が閉まり、動き出した。

すでに周囲に知られてしまったのだからと、開き直れればここまで悩まずにすむ。

そうはわかっていても、なかなかうまくいかない。

ただ言いだしたのも、やると決めたのも自分だ。人のせいにせずに自分の責任で今の状況を受け入れなければならない。

大丈夫。すぐに何も言われなくなる。

そのためには、いつも通りを心掛けるしかない。

私は大きく息をひとつ吐いて、エレベーターを降りると午後の仕事に取り掛かった。

第三章　妻の務め

その週の土曜日。いつもならゆっくり起きるけれど、今日は社長が出社するので朝ご飯の準備をする。と、いってもいつもよりも遅い時間だ。

今日は気分を変えて、パンにしてみた。チーズトーストにコンソメスープ、トマトとキュウリのサラダに手作りのドレッシングを添えた。フルーツヨーグルトも用意したが、彼は甘いものが好きだろうか？

テーブルにお皿を並べ終えるとほぼ同時に、社長がダイニングにやってきた。

「社長、おはようございます」

「……やり直し」

「あっ」

まるで先生のようにピシャリと言われてしまう。

「昨日、ふたりで決めたことだ。ほら、やり直して」

厳しい表情の彼を見るからに、きっと実行しなければ許してくれない。

「おはようございます――」

そこで止まった私に彼は先を促す。

「続きは?」

「おはようございます。遼一さん」

「はい、おはよう。梢」

さっきまでの厳しい表情からうってかわって「よくできました」と言わんばかりの笑みを浮かべながら、席に着いた。

はぁ、こういうときに有無を言わさない雰囲気になるんだよね……遼一さん。

昨日遅く帰ってきた彼が夜食を食べているとき。互いの呼び方の話になった。

私は職場でも自宅でも『社長』と『那賀川さん』のままでも問題ないのでは? と伝えたのだが、彼は納得しなかった。夫婦なのにおかしい、いつかぼろが出ると。

そしてすったもんだあった結果。会社では今まで通り、プライベートでは互いを名前で呼び合うと決めたのだが。

そうそうすぐには切り替えられないよね……。

相手にそう同意を求めたいのだけれど、向こうは案外すんなり私の名前を呼ぶので、これはもう慣れにも個人差があるのだと思うしかない。

「いただきます」

「どうぞ。私も一緒にいただきます」

向かいの席に座って、手を合わせて食べ始める。

食に興味はないが、好き嫌いはないのだと聞いて、安心して料理を作っているが、それでも反応が気になる。

次々に口に運んでいる姿を見ると、ほっとする。食事を摂らずに青い顔でベンチで寝ていた彼を知っているからなおさらだ。

「今日、午後から時間あるか？」

「はい。とくに予定はありませんが」

食料品を買い出しに行くついでに、このマンションの周囲を散策《さんさく》しようと思っていたのだが、別に今日でなくてもできる。

「では、午後から俺につき合ってくれ。正確な時間は後で連絡する」

「はい、わかりました」

そう言い残すと彼は、鞄《かばん》と私が作った昼食用のお弁当を持ち出勤していった。

それから午前は、まだ整理しきれていなかった荷物を片付け、リビングや廊下を簡単に掃除した。

遼一さんの部屋もついでに……と思ったが、中に入るなと言う言葉を思い出してドアノブから手を引いた。

幹も、掃除されるの嫌がっていたもんね。

弟と理由は違うだろうが、入るなと言われているので彼の寝室はスルーして他を磨いていく。

とはいえ日中はふたりとも仕事でいないし、週に一度ハウスクリーニングが入っているので、ほとんど汚れた箇所もなくあっという間に終わった。

その後私は、キッチンで数種類のおかずの作り置きを料理して時間をつぶした。

彼から連絡があったのは、午後を少し過ぎてから。後一時間ほどで仕事が終わるので、支度をして下のエントランスで待っていてほしいということだった。

約束した時間の十五分ほど前にエントランスで待っていると、すぐに正面玄関の車止めに車が止まった。

祖母の見舞いの際に乗ったのと同じ車だったので、すぐにそれに遼一さんが乗っていると気が付き駆け寄った。

「悪い、待たせたか」

わざわざ運転席から降りてきた彼が、助手席のドアを開けてくれる。彼にそんなことをさせてしまって慌てた。

「すみません、わざわざ」

私の言葉に彼は少し呆れたような表情を見せた。

「今の俺は、社長じゃなくて君の夫だ。こうするのは当たり前だろう」

さも当然のように言うが、私は彼ほど順応力が高くない。すぐに受け入れるなんて無理だ。

「早く慣れるようにします」

「ぜひ、そうしてくれ」

私が助手席に乗り込むと、彼も運転席に座った。

シートベルトを締めると、車がゆっくりと走り出す。この間乗ったときにも思ったのだが、彼の運転はとてもスマートだ。加速やブレーキのときも車体はほぼ揺れずに安心して乗っていられる。

「運転、お上手ですね」

「そう、ありがとう。梢は運転は？」

「免許は持っていますよ」

私の言い方で理解してくれたようだ。

「まぁ梢が運転できなくても、俺がするから問題はないよな」

彼に手間を取らせると思うと申し訳ない。

「そうだ。遼一さんに任せてばかりだと申し訳ないので、今度運転の練習につき合ってくれませんか？」

「嫌だ。まだ死にたくない」

「う、そうですよね」

即答は失礼だと言いたかったけれど、免許を取ってから一度も運転をしてないので彼の言う通りだ。

落ち込む私を見た彼が、隣でクスクス笑っている。

「あ、そうだ。お昼は食べましたか？」

「うまかったよ、ありがとう。しかしまるで保護者のようだな」

「そんなつもりじゃないですからっ！　ただ、心配で。松茂さんにも頼まれていますし」

自分がどちらかといえば、おせっかいな性格なのはわかっている。押し付けがましかっただろうか。

「いや、悪い意味で言ったわけじゃない。梢に心配してもらうのは悪くないと思っただけだ」

彼が好意的に捉えてくれてほっとする。

ふと気が付いた。これまで男性とつき合った経験がないわけではない。大学生のときにゼミが一緒の男子学生に告白されて恋人同士になったが、私があまりにも恋愛に慣れていなくてうまくいかなかった。

けれど遼一さんとは、ギクシャクすることなく話ができている。

そもそも互いに思惑があって結婚した〝本当の夫婦〟ではないので、気持ちをさぐりあったりしていないのが理由なのかもしれない。

いや、でもそれだけじゃない。

彼に対して気を遣わないわけではない。むしろものすごく気を配っているつもりだ。それでも会話をしていても苦じゃないのは、私と同じくらい向こうが思いやりを持って接してくれているからだろう。

相手が遼一さんでよかったな。

とっさに「結婚して！」なんて口にしたけれど、相手が彼でなければどうなっていただろうか。

断られて終わりだろうな。そもそも私も断られるつもりであんな言葉を口走ったし。

答えがすんなり出た。そう思うと、利害関係が一致する彼と夫婦になったことはある意味奇跡だなんて思った。

「着いたぞ」

「あ、はい」

ぼーっとくだらないことを考えている間に、目的地に到着したようだ。

建物正面の車止めに車を停めると、店の前に立っていた男性スタッフが近づいてきて助手席のドアを開けた。

「いらっしゃいませ。足元にお気を付けください」

「は、はいっ」

まだお店にも入っていないのに、丁寧な扱いをされ戸惑《とまど》う。こういう扱いに慣れていないのが丸わかりだ。

おどおどしている私の隣に、遼一さんがすっと立つ。そこで初めて小声で問いかけた。

「あの、ここ何のお店なんですか？」

「ジュエリーショップ」

「なるほど、ん？　どうして私を連れてきたんですか？」

自然に出た疑問を口にすると、遼一さんが呆れた顔をした。

「もちろん、俺たちの指輪を買うためだ」

そうか、そのためね。……いや、ちょっと待って。

私は目の前にある店をあらためて見て、焦った。ブランドに疎《うと》い私でも知っている、芸能人やセレブ御用達《ごようたし》のブランドだ。まさか、ここで買うと言うのだろうか。

さっさと歩いて行こうとする彼の腕を引っ張って止め、小さな声で伝える。

「あの、指輪必要ですか？　期間限定なのに。もし買うにしてもこんな高級なものは……」

「あのなぁ、前にも言ったけれど〝真実味〟が大切なんだ。結婚式や披露宴《ひろうえん》がないのはまだしも、指輪すらないとなるとそれっぽさが薄れる。それにこの俺が安っぽい指輪を妻に贈ったとなると、沽券《こけん》にかかわる」

「そんな大げさな……あっいえ、そうですね」

彼の逆らうなという意味のこもった視線を受け取り、ここはもう素直にうなずくことにした。

彼が私の背中に手を添えて歩き出した。

ハッとして彼を見ると「逃げられたら困るからな」と私にだけ聞こえる小さな声で伝えてきた。

「ほら、待たせてるから行くぞ」

彼の視線の先には、店のスタッフが扉を開けて待っていた。

店内に入ると、迎賓館《げいひんかん》かと思うほど立派な室内にしり込みしそうになる。さっき「逃げられたら困る」と言った彼の言葉もあながち間違いではない。

「藍住様、こちらにどうぞ」

すぐに奥の部屋に案内されてそれに従う。

そこには他の客はおらず、私と遼一さんのふたりだけだった。彼が早速ショーケースの中身をじっと見ている。ぼーっとしていると、ほら君も、と促された。

「私、あまりこういうのはわからなくて」

私が唯一持ってるのは幹が成人のお祝いに贈ってくれた一粒ダイヤのネックレスだ。彼が働いたお金で贈ってくれた大切なもので、いつも身に着けている。

しかしそれ以外に宝石に触れる機会がなかったので、「いい」も「悪い」も判断ができない。

「好きかどうかだけ、教えてくれ。ほら、これなんかはどうだ？」

選べないと言った私を助けるように、彼がいくつか勧めてくれる。

「それに似た感じでしたら、こちらなどはいかがでしょうか？」

「少し、石が邪魔じゃないか。結婚指輪と重ね付けできるものがいいな。彼女にはいつも身に着けていてほしいから」

周囲にそれっぽく見せるためなのに、スタッフはいいように誤解したようだ。

「こんなに素敵な奥様ですもの、自分の贈ったもので美しく飾りたいですよね」

「そうだな」

彼もそれを否定せずに、笑ってみせている。こういうときは余所《よそ》行きの顔をしているのだとわかる。

「ほら、梢。どれも君に似合いそうだ」

「こちらは、いかがですか？」

大きな一粒ダイヤを中心にリングの周りにぐるっと小さなダイヤが囲んでいる。きらきらまぶしい。

こんなの普段使いできない……。

「ああ、妻はそっちじゃなくて、こっちの方が似合いそうだ」

それは一粒ダイヤは変わらないが、その周りを四つの小さなダイヤが支えるように並んでいる。ごくシンプルなものだ。

「それに、結婚指輪はこっちの少しカーブになっているのが、重ね付けするのにいいんじゃないか？　ほら、着けてみれば？」

「はい」

白い手袋をしたスタッフが、私の指にはめた。あまり宝石に興味のない私だったが、不思議なもので身に着けてみると自分の指で輝くジュエリーに心が躍る。

「単独でも綺麗ですけど、重ねるともっと素敵」

思わず口から感想がポロっと出た。彼の方を見ると優しい笑みを浮かべてこちらを見ていたので、思わず心臓がドキッと音を立てた。

「俺もそれがいいと思う、それにしよう」

「はい」

直前までいらないだの、もう少しグレードを落としたものがいいだの言っていたのに、素敵な宝石を前にあっさりうなずいてしまう。

隣の遼一さんの満足そうな顔を見て、これでよかったのだと思うことにした。

帰宅後、夕食の準備に取り掛かる。十月に入って冷え込み始めたので今日は温まる寄せ鍋にするつもりだった。

出汁を用意している間に、着替えを済ませた遼一さんがキッチンにやってきた。

「鍋?」

「はい。お嫌いではないですか?」

「うーん。たぶん大丈夫だと思う」

珍しく歯切れの悪い答えに、首をかしげた。

しかし彼は気にする様子もなく冷蔵庫からミネラルウォーターを取り出すと、書斎《しょさい》に入っていった。おそらく食事の用意ができるまで仕事をするつもりなのだろう。

彼が部屋に入った後、キッチンで料理を始めた。野菜を切り、タラとつみれを用意した。鍋の中には澄んだ出汁が出来上がっている。我ながらなかなかよくできた。

ダイニングテーブルに、鍋のセットと午前中に作り置きしていた総菜《そうざい》をいくつか並べる。

もともと一通りの食器や調理器具はそろっていた。これも私が来るまでのわずかな時間にそろえられたのかと思うと、本当にお金持ちのすることは理解できない。

勢いで受け取ることになった指輪もそうだ。ありがたいけれど、やはり分不相応《ぶんふそうおう》なのではとまだ考えてしまう。

「結婚指輪はそう時間がかからないみたいだけど、エンゲージリングはもう少し時間がかかるって」

遼一さんが部屋から出てきた。ジュエリーショップから連絡があったようだ。最終的に石の種類を変更したので時間がかかるみたいだ。婚約指輪と結婚指輪の順番が逆だが仕方ない。

「そうなんですね。出来上がったら私が取りに行きましょうか?」

忙しい遼一さんの手を煩《わずら》わせるのは気が引ける。そういう思いから出た発言だったが、彼は「いいや」と頭を振った。

「こういうものは、男の俺が取りに行くべきだ。それくらいかっこつけさせてくれ」

たしかに遼一さんからのプレゼントを私が店で受け取るのは、味気ない。

「すみません、私こういうことに気がまわらなくて」

不快な気持ちにさせたのではないかと、はらはらする。

「気にしなくていい。そういうことに慣れているよりよっぽどいい」

二十七にもなって、男性に対してスマートな対応をとれない自分が恥ずかしくなる。でも遼一さんがそれでもいいと言っているので、とりあえずはほっとした。

「それより、もう食べられそう?」

「あ、はい。ちょうどいいころだと思いますよ」

土鍋の蓋を開けると、湯気とともに出汁のふわっといい香りが漂った。

「ビール、出しましょうか？」

「いいね。久しぶりに飲みたいな」

接待が多いため、プライベートではあまり飲酒しないのだと聞いた。しかし明日は休日なのでリラックスするために少しならと勧めてみた。

急いで冷蔵庫から冷やしておいたビールを持ってきて、彼のグラスに注ぐ。彼が手を差し出したので、ビールの瓶《びん》を渡すと私のグラスにも同じように注いでくれた。

「じゃあ、お疲れさま」

グラスを掲《かか》げて、一口飲むとなめらかな泡ときりっとした爽快感が口の中に広がる。普段はあまり飲まないが、たまに飲むとすごく美味しく感じる。

私はグラスを置くと、取り皿に鍋の具材をよそった。野菜やタラ、つみれなど、偏《かたよ》りなく入れる。

「はい、どうぞ」

「ありがとう」

彼は箸でつまんで少しだけ冷ますと、少し熱そうに顔をしかめながら口に運ぶ。その様子を見ていると彼がふいにこちらを見た。

「そんなに見なくてもちゃんと食べるさ」

ちょっと呆れたように笑う彼。どうやら誤解させてしまったようだ。

「別に監視をしているわけじゃないんです。ただあまり家族と食事を一緒にしなかったって言っていたので、雰囲気だけでも楽しんでもらえるかなって」

「なるほどな。そんなことまで気遣ってくれていたのか」

「あ、私が食べたかったってのもあるんですよ。鍋は絶対誰かと食べた方が美味しいんで」

ひとり鍋をすることもあるが、やはりこういうのは誰かと一緒の方がいい。

「ただ、誰かと同じ鍋で食べるのに抵抗がある人もいるのでさっき『大丈夫ですか？』って聞いたんです。でも『たぶん』って返事があってどうなのかなって」

曖昧な返事の理由を聞きたい。

「それは君の指摘通りで、家族でこんなふうにひとつの鍋を囲んだことなんてないから。どういうものなのかわからなかったんだ」

あぁ、そういうことかと納得する。

「感想は、いかがですか？」

「なかなかいいな。家族でこうやってあったかい鍋を食べるのは」

湯気の向こうで彼が笑みを浮かべているのを見て、私も自然に顔がほころんだ。

「では、たくさん食べてくださいね」

私が手を差し出すと、彼は空になった取り皿を差し出した。私は食べごろになった具材を盛り付けまた彼に渡した。

食事の間、彼との話が弾んだ。仕事の話や好きなものの話。本来なら結婚する前にするであろう、他愛のない話をしているとあっという間に時間が過ぎた。

片付けを済ませた私を、彼はリビングに呼び寄せた。そしてふたりしてソファに座る。

「それで昨日から過ごしてみてどうだった？」

「どうって……まだ始まったばかりなので夫婦っていう実感がないです」

「そうだな、かなりぎこちない」

それは仕方ないだろう。夫婦といっても一緒に過ごしたのはわずかな時間だ。それまでは社長と社員という関係でしかなかったのだから。

「君はおいおい慣れていけば、なんて思ってるんじゃないだろうな」

図星を指されて言葉に詰まる。

「俺たちには時間がない、だから悠長《ゆうちょう》に構えてる場合じゃない」

彼が急に私の頬に手を添えて、顔を近づけてきた。

ち、近いっ……。

緊張して思わずごくりと唾液を飲み込んだ。

「こうされたら、どうすればいいかわかるか?」

私はどんどん近づいてくる彼を見つめて、左右に首を振った。

「仕方ないな、俺が教えてやる。黙って目を閉じるんだ」

「でも、そんなこと」

私は心臓をドキドキさせながら、視線を泳がせた。

「周囲から夫婦に見えなければ、俺も君も困るだろ」

たしかにそうだ。遼一さんがどうしても欲しい契約も、祖母の手術も何もかもダメになってしまう。

私はもうどうにでもなれという思いで、目を閉じた。すると彼の唇が私の唇に重なった。

何度か角度を変えて口づけられた。胸が苦しいくらい音を立てている。

「唇、開いて」

頭がぼーっとしていて、何も考えずに彼の言う通りにすると、私の唇をなぞっていた彼の舌先が唇を割り開き中に入ってきた。歯列をなぞっていたかと思うと、私の舌を見つけ出して絡めるようにする。

「んっ……ふあぁ」

自分から漏れる声に熱がこもっているのがわかる。頭の中までくらくらするキスは私の羞恥心を完全に溶かしていた。

でも、キスってこんなに気持ちいいんだ。

気が付けば拙《つたな》いながらも、彼のキスに必死になって応えていた。

唇が離れて、目を開ける。思考が奪われていてぼーっと彼の顔を見つめる。

「なんだ、もうまいったのか？」

からかうような彼の言葉に羞恥心が煽《あお》られた。

「だって、慣れてないんだから、仕方ないです」

これまでの恋愛経験の浅さを指摘されたような気がした。

「他の男で慣れていても意味ないだろ。君の夫は俺なんだから、これから俺のやり方を覚えていけばいい」

彼が私の頬にかかっていた髪を優しく撫でつけた。

「遼一さんのやり方？」

「あぁ、そうだ。全部俺が教えてやる。今からでもいいけど、どうする？」

いや、今日はもうさっきのキスだけで限界だ。心も体も持ちそうにない。

「い、いえ。また今度で大丈夫ですから」

慌てて彼とソファの間から抜け出た私は、立ち上がって距離をとる。

「遠慮しなくてもいいのに。まぁ、今日は初心者だから見逃してやるか」

彼がバスルームに向かったのを見て、体の力が抜けソファにもう一度座る。

「はぁ、もう刺激が強すぎる」

ずいぶん恋愛とは距離を置いてきたのに、いきなりあんなキスして心臓が張り裂けるかと思った。

しかも嫌じゃなかった……っていうより、途中から積極的に受け入れていたような気もする。

頭の中にさっきの光景が浮かんできて、頭を振って追い払う。顔の熱を冷ましたくて手でパタパタとあおいだが効果はそうなかった。

これから……大丈夫なのかな。

結婚すると決めてから、何度目かの「大丈夫かな」が頭の中に思い浮かぶ。しかしそれと同時にもう前向きにやるしかないという気持ちにもなる。

考えても仕方のないことは考えない。

そう決めて私は明日の朝食の下準備に取り掛かった。体を動かしている方が、色々悩まなくてすむ。冷蔵庫の中を確認して明日の献立《こんだて》を考えた。

目まぐるしく始まった新生活に戸惑いながらも、ひと月もすれば会社の中では私はこれまで通り〝総務部の那賀川さん〟だった。遼一さんが「いつも通りにしておけば、みんな興味を失う」という言葉通りになった。

私生活は……まぁ、がんばっている最中だ。互いのリズムが掴めるようになってきたが、やはりまだぎこちない。早く慣れたいと思うけれど、なかなかうまくはいかなかった。

そんな中、仕事帰りに祖母の見舞いに病院に寄った。

いつものナースステーションの前で看護師さんたちに軽く会釈をして祖母の部屋に入る。今日はカーテンが開いていて、ちょうど祖母は食事をしているところだった。

「おばあちゃん、来たよ」

「あぁ、梢かい。いらっしゃい」

にっこり微笑む祖母の顔を見て、元気そうでほっとした。それに今日はしっかりと食事を摂っているようだ。テーブルの上には食べ終わって空になった食器があった。

「今日は好きなおかずだったの？」

「そうでもなかったけど、手術するなら体力がいるだろう。食べなきゃ元気出ないから」

「そうだよ！　おばあちゃん」

手術を受けると決めてからの一ヵ月、祖母は病気とちゃんと向き合うようになっていた。本当にうれしい。

ふとテレビ台を見ると、綺麗な花が生けてある。

「あれ、もしかして幹が来たの？」

祖母のところを訪れるのは、幹か私くらいだ。しかし祖母の口から意外な人物の名が出た。

「藍住君だよ。二日前にこれ持ってきてくれたのよ」

「遼一さんが？」

そんなこと一言も言ってなかったので驚く。たしかに考えてみれば幹は今まで一度も祖母に花を持ってきたことがない。

「こんなおばあちゃんに、花なんてね。でも、部屋が明るくなって、元気が出るわ」

「そう、伝えておくね。喜んでいたって」

祖母と同じくらい、私もうれしくて彼が持ってきた花を見て、目を細めた。自分の大切に思う人を同じようにとまではいかなくても、こうやって気遣ってくれるのが本当にうれしい。

今日は彼の好きなものを作ろう。

きっとお礼なんて受け取ってもらえない。けれど何かしたいと思った私は、ささやかだけれど感謝の気持ちを込めて、彼の好物を食卓に並べることにした。

帰宅後急いでキッチンに立ち、食事の準備をする。

祖母からこっそり聞いた、当時遼一さんが好きだったものはどうやら正解だったらしく、親子丼、けんちん汁、キャベツとキュウリの浅漬けを出すと、彼はあっという間に平らげた。

やっぱり人に食べてもらうって、うれしいな。

洗い物をしていると、彼が来て泡だらけの食器に手を伸ばした。

「あ、今日はお礼なので。私がひとりで片付けます」

「お礼、何の？」

彼が不思議そうにこちらを見る。

「わざわざ祖母のお見舞いに行ってくださったみたいで、ありがとうございます。あの、お花とても喜んでいました」

「あぁ、そんなことか。別に礼を言われるようなことじゃないだろ。もう俺の〝おばあちゃん〟でもあるんだから」

そんなふうに言われると思っていなくて驚いた。

「なんだ、意外って言いたそうな顔。奥さんの家族は俺にとっても家族だろ。あ、弟もいたよな。いつ挨拶する？」

遼一さんに弟がいるとは伝えていたが、幹が芸能活動をしていることはまだ話をしていない。それは幹自身、あまりプライベートを明かさないスタイルで仕事をしているからだ。

「弟は、仕事が忙しいみたいで。遼一さんのお父様は？」

話を逸らしたわけではないが、挨拶をするなら彼のお父様の方が先だ。

「親父はずっと海外だから、それにたぶん俺の結婚にも興味ないと思う」

そんなものなのかなと、深く追求できない。これが恋愛を経た後の結婚なら簡単に聞けるのだろうか？

「まぁ、でもそんなにお礼がしたいなら、がんばってもらおうかな」

彼がいきなり私の背後に立ち、シンクのふちに手をついて私を閉じ込めた。

「な、なんですか。いきなり」

「ん、今日まだ練習してなかったなって思って」

わざとなのか、耳元で話をするからその度に耳に彼の息がかかる。思わず体がビクッとなりそれを彼がふっと笑う。

どうも練習などといって、からかわれているような気がしてならない。

「あの……この状況は卑怯なのではないですか？」

私の手が使えないときに仕掛けてくるなんて。

「相手が抵抗できないときを狙うのが、勝利の方程式だ」

いったい何の勝負なの？　と聞いてみたいけれどそれよりもこの現状から抜け出す方を優先する。

「あの」

「ん？」

今度は彼の手が私の腰を抱きしめる。私の背中と彼の男らしい胸板が密着した。

「少し、近くないですか？」

やんわりと指摘するが、彼は余計に腕に力を込めた。抵抗しようにも、私は今お皿を洗っているので手が泡だらけだ。

「ほら、早く洗い終わらないともっと恥ずかしいことになるけど?」

「いや、待って。すぐに終わらせますからっ」

焦った私は、手に持っていたお椀《わん》をつるっと落とした。それを見た彼は耐えきれなくなったのか声をあげて背後で笑っている。

もう、遼一さんってもっとクールな人だと思ってたのに。家だと結構意地悪なんだから。

でもきっと私が本当に嫌がったらやめてくれるはず。なんとなくそんな気がしている。

「あ、あの! いったいこの〝夫婦〟の練習、役に立つんですか?」

そもそもいくら練習したところで、それを生かす場面がなければ無駄と言うもの。職場では今まで通りを意識しているので、夫婦らしさは求められないし、祖母の前だけならばここまでする必要はない。

「役に立つからやってるんだ。終わった?」

「はい」

ちょうど蛇口をひねり水を止めたと同時に、遼一さんの腕から解放されてほっとする。

った。

言われるままリビングに行くと、ローテーブルに薄いブルーのファイルが置いてあった。

「こっちに来て」

「これ、この間言っていた取引先の会社のデータ。英語はできたよな？」

「はい、専門用語になると難しいですが、日常会話ならなんとか」

食堂のお客さんに東西大学に留学していたイギリス人のお客さんがいた。その人とやり取りしているうちに英語に興味を持ち、とくに力を入れて勉強した。大学でも英文科で学んだおかげで難しい会話でなければ聞き取れる。

英語を頻繁《ひんぱん》に使う部署ではないので、普段は仕事で使うとしても簡単な英語の取り次ぎぐらいだ。丁々発止《ちょうちょうはっし》のやり取りはできない。

「それで十分だ、梢にやってもらうのは交渉じゃないからな」

その言葉に私は彼の顔を見る。

「私、何かするんですか？」

そんな大がかりな仕事に携《たずさ》わったことなど、入社して一度もない。

「もう忘れたのか、俺が結婚を望んだ理由」

「あ、もしかしてこの会社のことでしたか」

国外の業務提携したい相手。しかしそのオーナーは家族をとても大切にする。取引相手にも同じような考え方の人を望むということだった。たしかに家族に縁遠い遼一さんとはかけ離れている。

「来週の土曜日。業界内の親睦《しんぼく》を深めるパーティがある」

「まさか、それに」

「あぁ。面倒だが顔を売るのも仕事のうちだから仕方ない」

彼が背もたれにもたれて、はぁと大き目のため息をついた。しかし私としては、ため息どころではない。

「パーティだなんて、本当に私で大丈夫でしょうか」

もともと話は聞いていたけれど、現実を突き付けられて怖気づく。引き受けるときにもっと詳しく話をしていればよかった。

「そんな顔するな。梢の役割は、俺のことが好きで好きでたまらないって態度で隣に立っていることだけ。それで十分だ」

背もたれにもたれたまま、視線だけをこちらに向ける。

「でも、そんな大きなパーティに参加したことなんてないです」

パーティと呼ばれるものに参加したのは、せいぜい結婚披露宴くらいだ。

「だから今、こうやって練習してるんだろう。ほら」

彼が急に体を起こして、私を抱き寄せた。

「心配しなくても、俺がついてる」

「はい」

一応うなずいてはみたものの、まったく自信がない。

「今さら逃げるつもりじゃないよな？」

最後は半分脅《おど》しともとれる彼の言葉で、私は決心するしかなかった。


そしてあっという間にやって来た懇親会《こんしんかい》の日。

私は朝早くから、メイクやヘアセットに追われて息つく暇もない。色々なことを考えすぎなくてすんだのはよかったのかもしれない。

先方の会社の情報と、どういった企業が参加するのかだけは頭に入れておこうと必死になっていた私は、三日前になって何を着ていけばいいのかと気が付いて、そして焦った。

自分の持ってる服、ワンピースやスーツ。しかしどれを見てもパーティにはそぐわない。そんな私を助けたのも、また遼一さんだった。

「わぁ、綺麗」

控室でドレスを箱から出した私は、思わず感嘆の声をあげた。

上半身は七分袖《そで》の黒の大胆なカットのレースを使っている。シャンパンゴールドのAラインのスカートには同色の小さな花があちこちに刺繍されており、シックかつかわいらしい雰囲気を出していた。

身に着けてみるとぴったりだ。アクセサリーやバッグ、それに靴も彼が一緒に準備していた。

姿見の前でくるっと一回転してみる。今まで見たこともないような自分がそこに立っていた。

彼に贈られたもので全身を包むと、背筋が伸びるような思いがした。

応援されているって思うのは、大げさかな。でも、思うのは自由だし。

私は準備を済ませると、鏡の自分に「できる」と言い聞かせる。これまで注目をあびることのなかった私は緊張したまま、彼の待つ会場に向かう。

先に挨拶回りをしているって言っていたけど、どこにいるんだろう?

由緒《ゆいしょ》ある老舗《しにせ》高級ホテルの三階。ここのバンケットルームで今日の会が行われる。

会場前のフロアでもたくさんの人がいて、すでに社交が始まっているようだった。私はその中から遼一さんの姿を探す。

あ、いた。

予想していたよりもすぐに見つかった。しかし彼はまだ私に気が付いていないようだ。人混みをかき分けてなんとか彼の近くに来た。背後から声をかけようとすると、彼が女性と話をしているのに気が付いて、邪魔をしてはいけないと立ち止まる。

距離をとって話を聞かないようにするべきだと思ったが、声が自然に耳に入ってきた。

「藍住社長、会の後少しお話しできませんか？　全然連絡いただけなくて寂しいです」

ん、これは……。もしかして遼一さん誘われているのでは？

「すみません、日々忙しくしているもので。それに今日は連れがいますから」

そう言った瞬間彼がこちらを振り向く。

「あっ」

一瞬眉間に皺を寄せた彼が、すぐ目の前に来て私の腰を抱き寄せた。少々いきなりだったので体勢を崩して彼にもたれかかる。そして私の耳に小さいけれど不満のこもった彼の声が流れ込んできた。

「遅い」

たったそれだけだが、彼の機嫌が悪いのが伝わってくる。

「すみません、慣れない服装で手間取ってしまって」

嘘ではない。これでも急いで準備したのだ。

「まあいい。ほら、笑って」

言われてがんばって笑みを浮かべた。うまい下手は置いておいて、とにかく言われた通りする。

そして彼はにっこりとそれは美しい笑みを浮かべ、私を先ほど話していた女性の前に連れていく。

「紹介しますね。妻の梢です。梢、こちら俺が世話になっている徳島《とくしま》さん」

「は、はじめまして。梢です。夫がお世話になっています」

緊張でつっかえてしまったが、相手に意味は伝わったはずだ。下げた頭を上げると目が合った。

彼女の視線は値踏みをするように、私の頭からつま先までを一往復した。そして一瞬だけ口角を上げたのを見てしまう。

「こちらが、奥様？」

向けられた笑みは、嘲笑《ちょうしょう》に見て取れた。こういう評価をもらうのは初めてではないのに、やっぱり嫌だと思う。

——藍住社長の奥さんって、この程度なの？

心の声が聞こえてくるようだ。

——幹のお姉さん、あんなに地味なの？

思い出したくない過去が、唐突に浮かんできた。当時私に冷たい言葉を投げた人の顔が、今目の前にいる人とリンクする。

それと同時にあのとき感じた劣等感《れっとうかん》が、込み上げてきた。

思わず顔をうつむけてしまった。ちゃんとしなきゃいけないのに。

「そうです。先日結婚したばかりなんですが、やっとこういった場に連れてこられてうれしいです。早く自慢したかったので」

「遼一さん、やめてください」

彼の発言に恥ずかしくなって、私の顔に熱が集まる。

「いいだろ、少しくらい。こんなにかわいいんだから見せびらかしたい」

わずかに顔を寄せてきた彼。向かいにいる徳島さんは、そんな彼の様子を見て顔を引きつらせている。

「あら、藍住社長ってもっとクールな方かと思っていました」

「男はみんな好きな女性の前では、こんなものですよ。では、失礼」

最上級の笑みを浮かべながら、彼は私の腰を抱いたまま歩き出した。

すれ違うときに徳島さんからの強い恨みがましい視線を受け止めて震えそうになったが、彼に連れられて足早に通り過ぎることで逃れた。

「はい、一件片付いた」

「あの、よくあんな嘘つけますよね」

私はばれやしないかとドキドキしていたのに、彼は平然としている。

「心配するな。嘘もつき通せば真実になる」

まったく悪びれることない態度に呆れた後、おかしくなった。

「わかりました！　もう私も開き直ることにします」

せっかく素敵なドレスを準備してくれたのだ。できることはやろう。

「いいな、その調子だ。それにあながち嘘じゃない。今日の梢はびっくりするくらい綺麗だよ、さすが俺の奥さん。自信持って」

わずかに口角を上げた彼はどこか楽しそうだった。

この場を乗り切るためのお世辞だとしても、彼にそう言われると単純な私は少し自信が持てた。

すれ違う人たちと挨拶を交わし、遼一さんはその都度私を妻として紹介した。結婚を初めて公《おおやけ》にするということで、ものすごく注目をあびたがなんとか笑顔で切り抜けた。徳島さんのように否定的に取る人もいたが、おおむね歓迎されてほっとした。

しばらくして会場内を歩いていると、彼が少し足を緩めて顔を近づけてきた。何か話があるのだと彼の声に耳を澄ませる。

「梢、行くぞ」

彼の視線の先には四十代後半くらいの、カップルがいる。資料に載《の》っていたイギリスからきたテイラー夫妻だ。ふくよかで笑顔の似合う男性がダニエル氏で、その隣に立つモデルのようなスタイルの美しい女性が奥様のオリヴィアさんだ。

《こんにちは、日本を楽しんでいますか?》

遼一さんが流暢《りゅうちょう》な英語で話しかけると男性はパっと笑顔を見せ大きく腕を開いた。そして彼を抱きしめた。

《リョウイチ、久しぶりだな。聞いたぞ結婚したんだってな、早速紹介してくれ》

ふたりの視線が私に向けられ、遼一さんが私の方へ来て肩を抱き寄せた。

《妻の梢です。美しいでしょう？》
ダニエル氏は、あははと豪快に笑いながら、私に手を差し出した。
《はじめまして、ダニエルさん。日本へようこそ》
しっかりと手を握り返しながら、目を見て微笑む。
《おお、見た目も美しいが英語の発音も完璧だね～》
大げさに驚く様子に、少し照れてしまう。いい第一印象を与えられてほっとする。
《リョウイチが結婚したと聞いて、うれしいよ。人は家庭を持つと視野が広がる。仕事もいいが、愛する人がいると人生は豊かになるから》
そう言いながら、彼も奥様の顔を見て微笑んでいる。互いを見つめ合う姿を見ていると、本当に思い合っているのが伝わってくる。
素敵なご夫婦だな。いつか私と遼一さんも……と思って、私たちにはそこまで互いを理解し合う時間はなかったと気づく。
「どうかしたのか？」
「ううん、なんでもない」
少し考え事をしていただけなのに、彼はすぐに私の変化に気が付く。
「ちょっと込み入った話をするから待っていて」

「はい」
私に断りを入れた遼一さんは、ダニエル氏と何か難しい話をし始めた。
《男の人は本当に仕事が好きよね、ほったらかされて困っちゃう》
チャーミングに肩をすぼめたのは、ダニエル氏の奥様だ。
《はじめまして。梢です》
《私も会えてうれしいわ。私のことはオリヴィアと。あなたもコズエと呼ばせてね》
朗《ほが》らかな笑みを浮かべるオリヴィアさんにほっとする。
《ねえ、コズエ。つまらない話につき合ってないで、あっちに美味しそうなケーキがあったの。一緒に食べない？》
《はい、行きましょう》
私は誘われるまま、壁際にあるテーブルのスイーツコーナーに向かう。オリヴィアさんが言った通り、テーブルの上には目にも美しいケーキやチョコレート、フルーツなどが並んでいる。そのなかにいくつか和菓子も並んでいた。
《まぁ、なんて素敵なの！　繊細で美しいわ。日本のお菓子作りはレベルが高くて、本当にびっくりする》
お互い手元の皿に気になるものを並べていく。

洋菓子に混ざって、和菓子も並んでいた。その中でオリヴィアさんがとくに興味をしめしたものがあった。

《コズエ、これは何？》

彼女が指さしたものは、練り切りだ。

《ネリキリといって、主原料は白餡《しろあん》、それに繋ぎになる求肥《ぎゅうひ》、お餅のようなものを混ぜて練ったものです。それらに色を付けてこういった、花や果物に見立てます》

《じゃあ、食べられるの？》

《もちろんです、どうぞ》

私が彼女のお皿に載せたのは、紅葉《もみじ》と柿。両方とも季節の秋を表すものだと伝えると感心していた。早速、口に運ぶ様子を見ていると、口の中で転がすようにして楽しんだ後、にっこりと微笑んだ。

《面白い味、嫌いじゃないわ》

自分が作ったのではないけれど、喜んでくれてほっとした。

《ダニエルにも食べさせたいけど、あっちでリョウイチと話をしているから無理ね。あの人甘いものに目がないのよ》

《そうなんですか、遼一さんは卵が好きです》

《あら、そうなの？　なんだかかわいいわね》
互いのパートナーの話に花が咲く。思いのほか楽しい時間を過ごしていると、男性陣が近づいてきた。
《向こうで呼ばれてるんだ、行こう。オリヴィア》
ダニエル氏の呼びかけに、仕方がないわねという様子でオリヴィアさんが歩き出した。
《コズエ、楽しかったわ。またね》
《はい。失礼します》
手を振るオリヴィアさんに、頭を下げてほっとする。
「お疲れ、楽しそうだったな」
「緊張はしましたけど、でも食べ物の話だったのでなんとか。あ、あの。私の英語変じゃなかったですか？」
今さら聞いてもどうなるものでもないが、一応彼に確認したかった。
「問題ないどころか、思ったよりも話せていて驚いた」
彼の言葉を聞いて、ほっと胸をなでおろす。
「よかった。とりあえずは目的が果たせましたね。成果は出そうですか？」

「手ごたえはあった。梢のおかげだ。ありがとう」

「いえ、お役に立てたのならよかったです」

褒められ慣れていない私は思わず照れてしまい、なんとなく彼の顔を見るのが恥ずかしい。

「あの、私少し席を外してもいいですか？」

「あぁ、構わない。俺はあちこち挨拶を済ませてくる」

私は彼に断って、一度会場の外に出た。

「はぁ……疲れた」

うまくいったと褒めてもらえたのはうれしかったが、やはり慣れないことをしているので疲れてしまった。

レストルームで化粧を直しながら、ほんの少し緊張をといた。

鏡の中の自分はいつもと違う。今日は勇気を出して自分の中で色々とチャレンジした。それを彼に認めてもらったことで、胸が弾んでいる。

こんな私でも、人のために何かできるんだと思うとうれしくなった。

あ、そうだ。

思いついたことがあり、私はレストルームを後にして急いでホテルを出た。そしてすぐ近くにあるデパートへと急いだ。

会場に戻った私は、キョロキョロとあたりを見渡した。遼一さんが先に私を見つけて近くにやってきた。

「遅かったな。大丈夫か？」

「はい、あのダニエルさんは？」

「え、あそこにいるが。そろそろ終わるぞ」

間に合ってよかったと思い、彼に連れられてテイラー夫妻のところに、最後の挨拶に向かう。

《あの、これ。練り切りです。今日ダニエル氏は食べられなかったと思うので》

オリヴィアさんにダニエル氏が甘いものが好きだと聞いていた。だから近くのデパートに入っている有名な和菓子店で急いで手に入れてきたのだ。

《まぁ！　ありがとう。素敵っ》

オリヴィアさんが、感激したのか私をぎゅっと抱きしめた。喜んでもらえて私も顔が自然とほころんだ。

《他にもおすすめのお菓子を入れておきました。ご夫婦でゆっくり召し上がってくださいね》

《コズエ、ありがとう。人を見る目が厳しいリョウイチが、君を選んだ理由がわかった気がするよ》

過分な褒め言葉だと思うが、今日ばかりはありがたく受け取っておく。

《今度は、ふたりがイギリスにいらっしゃい。長いおつき合いになりそうだわ》

ダニエル氏は、遼一さんと握手をした後、私とも固い握手を交わして、ご夫婦で会場を後にした。

「俺たちも、行こうか」

「はい。痛っ」

痛みを感じてかかとを見ると、右足が靴擦《くつず》れを起こしていた。

「大丈夫か？」

「はい、このくらいなら。和菓子を買いに走ったのがいけなかったんだと思います」

あのときは夢中で、今になって気が付いた。

「俺にしっかりよりかかって」

「平気です、少しだけなので」

「ダメだ。なら、こうするまでだな」

「きゃあ」

彼はひょいっと、いとも簡単に私を抱き上げた。

「え、遼一さん待って。みんな見てる」

「待たない」

こんな人の多いところで、そんなことをされた注目の的になるのは必至《ひっし》。私は恥ずかしくて周囲から隠れるように彼にしがみついた。

「俺は別にいくら見られても構わないがな。もっと君を見せびらかしたい気分だから」

「とんでもない。もうこれ以上は心臓がもちません」

ただでさえ注目されるのに慣れていないのに、まさかお姫様だっこで人混みを移動するなんて。

「は、恥ずかしい」

蚊の鳴くような声で彼に小さく抗議する。しかし注目されている彼はそれさえも楽しむかのように笑いながら会場を後にした。

＊＊＊

空が青いな。

ずいぶん高くなった空を眺めながらそう思い、ゆっくりと目を閉じた。涼しい風が吹き抜けていくのを感じる。

「はぁ」

大きくため息をついたのは、ここに自分しかいないとわかっているからだ。

人の来ないこの屋上庭園は、ひとりになりたいときの避難場所だった。

社長という立場から、常に人に囲まれている。当たり前のことだがそれを煩わしいと思う瞬間があるのも事実で。

帰ったら松茂が怒ってるんだろうな、と想像はつく。しかし相手もわかっていて、こうして時々ひとりの時間を作ってくれるのはありがたい。

静かな場所でベンチに横になり、頭の中を整理する。

しかしやっかいだな。家庭を持て……か。

どうしても取引したい相手に面倒な条件をつけられた。それがビジネス上のものであればここまで悩むこともなかったが、結婚となると話は別だ。

独身主義というわけでもない。しかし結婚したいと思える相手がいない。

いっそ仕事にいい影響を及ぼす相手との結婚も考えてみたが、そうなると相手をひとりに絞り切れない。誰かと特別な関係を作って手を組むということは、遠まわしに他を敵に回すということ。リスクが高くなる。

面倒だな、考えたくない。

ここのところ、無理がたたったのか体が重い。寝込むほどではないが体調がすっきりしない日が続いている。少しだけ。そう思い、体の力を抜いた。

「あの、大丈夫ですか？」

しばらくして声をかけられて、目を開くとひとりの女性がこちらを覗き込んでいた。まぶしくて相手を認識するのに時間がかかる。

「あのこれ、まだあたたかいのでどうぞ」

ペットボトルのお茶を差し出してきたその顔を見て「あぁ、そうか今日は火曜だったか」と思い出し、顔と名前を一致させた。

総務部、那賀川梢。総務部長に頼まれて決まって火曜日に、この屋上庭園の管理をしているようだった。それだけなら、別に何も思わない。

なんでこのタイミングに来るかなぁ。

決して周囲にはさとらせないが、心も体も疲れてどうしようもない今。自分の弱さが嫌になるそんなときにまた彼女が現れるなんて。

彼女は綺麗さっぱり忘れてしまっているが、彼女がこの会社に入社するよりもずっと前に知り合っていた。

俺が大学時代に通っていた食堂の娘として、そしてこの会社を作るきっかけになった人物だ。


あれは大学四年、今頃の季節だった。

大学からの帰り道。ため息をつきうつむき加減で歩いていた俺の目に入って来たのはいつもの食堂【那賀川】だった。

吸い込まれるようにして中に入り、いつもの席に座る。メニューをさっと見て注文をし出来上がりを待つ。

その間もため息が止まらない。

『なんで勝手に売るなんて決めたんだ！』

ついさっき友人にぶつけた言葉。アプリの共同開発をしていた友人が、勝手に企業に売却を決めた。この先も一緒にやっていくつもりだった友人の裏切りを激しく責めた。

『いつまでも会社ごっこするつもりはない。就職も決まっている』

自分が真剣に取り組んできたことを〝会社ごっこ〟と言われショックを受けた。自分が相手のことを何も理解していなかった。ずっと同じ目線でいるものだと思い込んでいたのが原因だ。

これからどうするべきか。自分も就職してもいいかもしれない。

『お待たせしました』

思考を遮るようにテーブルの上に置かれたトレイ。その上には注文したものとは別に頼んでいないだし巻き卵が乗っていた。

『これ、間違いじゃない？』

運んできたのは、ここの食堂の娘。常連客に〝梢ちゃん〟と呼ばれ、かわいがられている。

『ナイショにしてください、おまけです』

にっこりと微笑むその顔に、こわばっていた体の力が抜けた。

『実は、やっとおばあちゃんに〝美味しい〟って言われたんで、誰かに食べてほしかったんです』

なるほど、そういうことか。

『それに』

彼女は曇《くも》りのない瞳でこちらを見た。

『なんだか、悲しそうだから。食べて元気になってください』

優しく言い残した彼女は、そのまま厨房の中に戻っていった。

小さな気遣いに気持ちが落ち着いた。

彼女が作ったというだし巻き卵を食べるとふんわりと優しい味がする。きっと何度も練習を重ねてやっと美味しいと言ってもらえたのだろう。

特別なメニューではない。けれどその日食べた定食は、自分の心を元気にした。その日の帰り道に、このインディゴストラテジーを起業する決意を固めた。


なんでこんな落ち込んでいる気分のときに限って、彼女が目の前に現れるんだろうか。


入社時に彼女を見つけていたが、まったく向こうが覚えていないようなのでとくに声をかけることはしなかった。

自分の中の思い出を彼女に押し付けるつもりなどなかったからだ。

けれどまた行き詰まっているときに、ふらっと現れるのだ。そして俺に弁当を無邪気に差し出す。

あのときの記憶と結びつけても仕方ないのは理解できる。しかしあまりにも状況が似ているというのは俺のこじつけだろうか。

そして手作り弁当を食べながら思った。彼女ならまた今の俺を救ってくれるかもしれないと。

自分が強引な性格だというのは、認識している。そして彼女との結婚も本来ならばあり得ない展開だったこともわかっている。

彼女も理由は違うが、結婚を望んでいた。このチャンスを逃すはずはない。とはいえ、いきなりのことに何も準備ができていないのも事実で。

とりあえず、指輪からだな。

ノックの音が聞こえ返事をする。しばらく梢のことを考えていたのが、現実に引き戻された。

第二秘書の小松島が入ってきて、今日の予定の変更を告げた。

「わかった。あぁそうだ。ジュエリーを買うならどこがお勧めだろうか」

こういうのは同じ女性に聞くのが一番だと思い尋ねる。

「ジュエリーですか？　私が手配しましょうか？」

そう思われても無理はない。これまでそういう関係の女性たちへのプレゼントは全部彼女に任せていたのだから。

「いや、妻に贈るものだから俺が選ぶ」

返事がなかったので、パソコンの画面から顔を上げると何か言いたそうな顔をしてこちらを見ていた。

「どうかしたのか？」

「あの……どうして彼女だったんですか」

彼女というのは梢のことだろう。探るような視線になぜだか嫌な気持ちになる。

「それを君に説明する必要があるか？」

「いえ、出過ぎたことでした」

頭を下げた小松島が部屋を出て行く瞬間に、知りたがっていたので教えてやる。

「俺が彼女と結婚したいと思ったから、結婚した。これでいいか？」

小松島はこちらを振り向くことなく、小さく頭を下げ扉を閉じた。

「はぁ、面倒だな」

小松島は仕事もできる上に、自他ともに認める美人だし社交性もある。だからこれまでパートナーが必要な場面では彼女について来てもらうことも多かった。

だが彼女に対してそういう気持ちを抱いたことは一度もないし、特別扱いをしたつもりもない。一度だけ好意を伝えられたことがあるが、その際はっきりと断った。彼女も納得し割り切っているものだと思っていたのだが、違ったみたいだ。

面倒ごとにならないように、少し距離を置くべきかもな。

ふと頭の中でそう考えながら、自分で梢が気に入りそうなジュエリーショップに予約を入れた。

そういえば、プレゼントを自分で選ぶのもいつぶりだろうか。

ふとそんなことを、梢の顔を思い出しながら考えていた。

パーティでの梢は俺の予想以上に素晴らしかった。これまでのらりくらりと契約を先延ばしにしてきたダニエルも、彼女のことを気に入ったようだ。社交の場にパートナーを同伴してよかったと思ったのは初めてだった。

梢は周囲をよく見ていて、誰かのために動ける人だ。今回もテイラー夫妻に手土産まで持たせていた。それは契約がどうとかいう問題ではなく、人として喜ばせたいという純粋な思いからに違いない。だから彼らも梢を気に入ったのだろう。

こういうことを思いつくのも、そしてすぐに行動に移すのも誰もができることではない。それは彼女のいいところなのに、本人はまったく気づいてない。

その上自分は「何もできない人間」だと思い込んでいるふしがある。

どうやれば、伝わるんだろうな。俺には十分すぎるくらい役に立っているって。

「痛いっ」

「あ、悪い。痛かったか。かなり皮が剝《む》けてる」

自宅に戻り梢をソファに座らせた。そして救急箱を持ってきて、彼女の靴擦れを消毒している。

「やっぱり、自分でします」

「ダメだ。俺がやる」

どうやら彼女は足を触られるのが恥ずかしいらしく、ほんのりと頬を赤くしている。

「小さい足だな」

「そうですか？　普通だと思いますけど」

もじもじと足を動かすのがかわいくて、ついついすでに消毒が終わっているのに足を放せないでいる。

「ちゃんと歩けるのか？　今日は一日俺が運ぼうか？」

「歩くくらい平気ですからっ！」

からかっているのがばれたのか、梢の足が俺の手から逃れていく。

「ありがとうございました」

絆創膏《ばんそうこう》をはった箇所を確認しながら、礼を言われた。その姿を見てもう一度彼女に伝えた。

「今日のドレス、すごく似合ってる。それにしてよかった」

淡い色合いもスカートの丈《たけ》も、彼女の優しい雰囲気にぴったりだ。彼女も気に入っているようだったが、もう一度ふたりっきりのときに褒めたいと思っていたのだ。

「遼一さんのセンスがいいからです。私なら似合わないと思って選びませんから」

手放しに褒めたのに、また自信のない発言をする。

どうにか彼女に自分が素晴らしい人だと理解してほしい。そういう思いが自然とあふれてくる。

「今日の会場で、一番素敵だった」

「大げさだと、嘘っぽく聞こえますよ」

唇を少し尖らせたその顔がかわいくて、思わず手を取り引き寄せた。

抱きしめると彼女独特の甘い香りが鼻をかすめる。腕に力を込めると彼女の緊張が伝わってきた。

夫婦の練習だなんて、言い訳をして彼女に触れてきた。素直な彼女は疑うことなくそれに従う。

なんだか悪いことしている気分になるな。

そっと顔を覗き込むと、こっちを見られないのか顔を赤くして必死になって目を逸らしていた。そんな顔されたら、余計にあれこれしたくなるというのに。

「梢、キスしてもいい？」

いきなりすることもできるのに、わざと聞いたのは彼女の反応を見たいから。

案の定、どう答えたらいいのか迷っているのか、赤い顔で目をあちこちに泳がせている。その姿に我慢できずに、唇を奪うと目をまん丸にして驚いていた。

「まだいいって言ってないのに」

「返事が遅いんだよ」

「そんなっ――んっ」

二度目もふいにキスをした。何度か角度を変えて唇を重ねていると、俺の背中に手を回し、シャツを掴んできた。必死になって俺に応えようとする姿がいじらしい。

ゆっくり花開くように、少しずつ自信を持ってほしい。その手助けをしたい。

いつまで……できるだろうな。

そんな先のことを思うと、どこか寂しい気持ちになった。

第四章　夫への恋心

翌週の金曜日。

間もなく午後の休憩の時間だというころ、スマートフォンに幹からメッセージが届いた。

【会いたいから昼休み外に出てきて】簡潔なメッセージが彼らしい。きっと仕事の合間に抜けてきているのだろう。

私は【OK。近くの公園で待っていて】と返事をした。

遼一さんのお弁当を松茂さんに託した私は、急いで一階のホールに向かう。すると いつもと違うざわめきを感じ周囲を窺った。

「ねぇ、玄関前にすごいイケメンがいるの」

「え、どこ。ちょっと早く言ってよ。通り過ぎちゃった。もう一回前通ったら不自然かな？」

「行こう。私ももう一回見たい」

そんな会話が聞こえてきて、嫌な予感がする。

幹じゃないよね。だって公園で待ち合わせをしているんだもの。

まさかと思いながら、焦って玄関を出るとひとりの男性を遠巻きに見ている女性がたくさんいた。その視線の先にいたのは、やっぱり幹だ。

急いで駆け寄ると、向こうも気が付いてパッと笑顔になった。その瞬間にかぶっていたパーカーが脱げて顔が見えそうになる。すんでのところでそれを防いで、私は幹にもっと深くフードをかぶせてその場を離れた。

「公園で待っていてって言ったのに」

小声で小言を言うが、幹はまったく気にした様子がない。

「だって、梢がどんな会社で働いているか気になるじゃん」

あっけらかんと言われて、力が抜ける。

「だからって、目立つことしないで。今、大事なときでしょう」

「そうだけど、はぁ……自由が欲しい」

ため息交じりの幹を公園に連れていくと、ホットドッグのキッチンカーが来ていた。それを見た幹がどうしても食べたいと言うので代わりに並んで買い、やっとのことでベンチに座る彼に届けた。

理解はしているけれど、買い物すら自由にできないなんてメディアに露出する仕事も大変だ。

「はい、お待たせ」

「梢も隣に座って」

ポンポンと隣の座面を叩いている。言われるままに座ると、幹は私のランチバッグを奪って代わりにホットドッグを私に押し付けるようにした。

そして何の許可もなく開いて食べ始める。

「うわ～梢のご飯久しぶり。テンション上がる」

「待って、幹が食べたいって言うからホットドッグ買ってきたのに」

私が止めても聞く耳を持たずに、食べ始めた。

「俺がどうしても食べたかったのは、梢のご飯だ。いただきます」

「何言ってるの。普段もっと美味しいもの食べてるでしょ」

「だから、梢のご飯がいいんだよ。ほら、梢はそっち食べて」

幹は私が料理の練習を始めたころからずっと文句を言わず食べてくれている。私の料理の一番の犠牲者でもありファンでもあった。

最近なんだか、お弁当奪われることが多いな。ふと遼一さんのことを思い出して手が止まる。

「梢、結婚おめでとう」

幹は私の左手の薬指にある指輪を指さす。

「あ、うん。ありがとう」

そうだ。幹が忙しくて、メッセージで伝えただけになっていた。

「もしかしてわざわざ、お祝い伝えにきてくれたの？」

「それもあるけど、相手が同じ会社の人だって言ってたから、会えるかと思って」

なるほど、そういうことか。たしかに相手については詳しく話をしていなかった。

「そう簡単には会えないかな。社長さんだから」

「社長？　だったら梢、玉《たま》の輿《こし》じゃん」

自分ではそんなふうに思わなかったが、周囲から見ればそう見えるに違いない。

「そうなのかな、まあすごい生活の違いを感じることはあるけど」

「で、どうなの？　新婚生活」

「うん、なんとかね」

そう濁すしかなかった。彼とはうまくいっているが、それは普通の夫婦のような形ではない。夫婦らしくなるように努力をしている最中だ。

「なんか悩んでる？」

さすが双子だけあって、私の気持ちを察する能力は誰よりも長《た》けている。

「そんなことないよ。あ、今度遼一さんに会ってみない？」

「う〜ん。そうだな、でもこの藍住遼一って人、相当有名人みたいだね」

幹が私にスマートフォンの画面を見せてきた。たしかに彼の名前で検索するとずらりと記事が並んでいる。

「本当なら、彼がどんな男か俺の目で確認しておきたい。でも常に週刊誌にも追いかけられてるし、俺も今海外進出とかで忙しいから、少し距離をとっておいた方がいいと思う」

「たしかにそうかもね」

幹も芸能人だから週刊誌に追われる立場だ。だからふたりが一緒にいるところを見られたら、私のことも表沙汰になるかもしれない。

できれば人から注目されたくない。根も葉もないことでさえ事実として掲載する週刊誌もあるくらいだ。もし何かあって私が原因でふたりに迷惑をかけるようなことがあってから後悔しても遅い。

そうなったときを考えると今はその時期でないように思う。それに半年後の祖母の手術までが私たち夫婦のリミットだ。だからわざわざ紹介して煩わせることもない。

「相手には会えないけど、うまくいっているみたいで安心した。梢はさ、人のことばっか心配して自分のことはいつも後回しだっただろ。ずっと恋もしていなかったし」

「あ、うん」

今も恋をして結婚したわけではないが、それを説明して幹を煩わせるつもりはない。

「いつもずっと我慢してたじゃん？　店の手伝いして、今はばーちゃんの面倒もみてるし」

「別に、我慢していたわけじゃないよ。やりたかったからやってるだけだし。それに幹だって、ずっとがんばってるじゃない。方向性が違うだけだよ」

「それでもだよ、ずっと自信なさそうに生きてて、見てる俺がもどかしかった。だからたくさん愛されてたくさん自信をつけてほしい」

突然の幹の言葉に、驚きを隠せない。

「幹……そんなこと考えてたの？」

「まあな。俺の大事な片割れだから。梢はいつも我慢して考えを口には出さないけど、実は芯が強くてしっかりしてるのも知ってる。だから梢が選んだ相手なら間違いないはずだ。本当におめでとう」

幹は少し照れたように視線を外した。こうやってずっと心配してくれる弟がいてよかったなと思う。

そのとき幹のスマートフォンから軽快な音楽が流れた。

「あ、マネージャーからだ。俺もう行くわ。弁当ごちそうさま」

「うん、幹。仕事無理しないで。しっかり食べてね」

「あはは、ばあちゃんみたいなこと言うなよ。梢もがんばれよ」

忙しい弟のことを思って言ったのに、もう。

幹は公園の出口まで走ると、一度だけ振り返ってこちらに手を振って走って行った。

「でも、幹には一度、会ってほしかったな」

幹もずっと私のことを心配していた。だからこんな素敵な人と結婚できたんだって安心してほしかった。

でも……別れるのが決まっているから、言わなくてよかったのかもしれない。

あと半年と考えると、寂しい気持ちがじわじわと湧いてくる。そのたびに最初から決まっていたことだと、自分に言い聞かせた。

今日、遼一さんの帰宅時間は会食があって遅いと聞いているので、自分のご飯だけ準備する。

冷蔵庫にあった明太子でパスタを作る。後は作り置きのパプリカのマリネとコンソメスープで簡単に食事を済ませ、後片付けをする。

それにしても勝浦さんの情報網はすごいなぁ。

昼に幹に会った後、デスクに戻るとすぐに勝浦さんに捕まった。さっきイケメンと話をしてなかったかと問い詰められたのだ。

もちろん幹の話をするわけにはいかないので、ちょっとした知り合いとごまかしたけれど、どこで誰が見ているかわからない。

今までとは違い、自分は社長の妻なのだ。自分の行動が誰かに見られていて、それが彼の評判に影響を及ぼすこともあるかもしれない。そのことを自覚するべきだったと反省する。

片付けが終わりエプロンを外していると、玄関が開く音が聞こえる。

「遼一さん？」

時計を見たらまだ二十時半だ。遅くなると言っていたのにどうしたのだろうか。慌てて玄関に向かうと、やっぱりそこにいたのは遼一さんだった。

「おかえりなさい。早かったんですね」

「あぁ。ちょっとな」

返事に首をかしげる。もし会食が中止だったのならそう言うはずなのに。そして声になんとなく元気がない。

「お食事、どうしますか？　簡単なものなら作れますけど」

「いや、いらない。これ」

彼が差し出したのは、お弁当箱だ。しかし中身が減っていなくてずっしりと重い。

「昼、召し上がらなかったんですか？　もしかして、私が行かなかったから？」

顔色の悪い彼がちらっと私の方を見た。

「別に子供じゃないんだから、ひとりで飯くらい食えるさ」

そう言った彼が、キッチンに向かいミネラルウォーターを飲む。その様子を見ていて違和感を覚えた。

「ひょっとして、体調が悪いんですか？」

慌てて駆け寄り、彼の額に手を伸ばす。避ける彼の手を引っ張って無理やり額で熱を測った。熱い。

「熱があるじゃないですか。早く横になってください」

慌てた私は、救急箱から解熱剤《げねつざい》と冷却シートを取り出す。この間彼に靴擦れの手当をしてもらったときに救急箱の収納場所を把握しておいてよかった。

「まずは、これを飲んでください。って、危ないっ」

彼が揺れたのを見て、とっさに体が動いた。転びそうになった彼を支える。

「悪い、大丈夫だから」

彼は自力で立ち上がろうとするけれど、まだふらふらしているように見える。

「あまり役に立たないかもですが、私に掴まってください」

長身の彼の腕を私の肩に回し支える。ゆっくりと彼を寝室に運ぶ。

「ダメだ、ここでいい」

「何、言ってるんですか！　こんなときに。何も見ませんから安心してください」

仕事関係の機密事項があるのかもしれないが、今は緊急事態だ。

「いや、おい。待て」

私は彼が止めるのも聞かず、勢いよく扉を開けた。

「えっ。何これ」

目の前に広がるのは、足の踏み場もないほど散らかった部屋だ。

「も、もしかして泥棒？　あ、警察、警察に連絡――」

「落ち着け、犯人は俺だから、安心しろ」

犯人なのに、安心しろ？

「だから嫌だったんだよ。この部屋を見られるの」

「お仕事で大事な書類があるから……とかじゃなくて」

雑然と散らかった部屋を茫然《ぼうぜん》と眺める。

「悪かったな、そんな立派な理由じゃ……な、くて」

彼が会話の途中で苦しそうにしている。

そうだった。今はこんなところで話をしている場合じゃない。

「私のベッドを使ってください。失礼ですけど、こんなところで寝たら治るものも治りません」

「いや、でも」

「いいから！　言うことを聞いて！」

思ったよりも大きい声が出てしまった。遼一さんも驚いたようで目を丸くしている。

その隙《すき》にと、私は彼を引っ張って自室のベッドに運んだ。

よかった、なんとかベッドに寝かせることができた。

「すまない」

彼はベッドに横たわり、右手の甲を目元に当てているので表情はわからない。私は急いでリビングに戻り、薬と水を持ってまた部屋に向かう。

ノックをして中に入る。ベッドサイドの明かりだけが室内を照らしている。

「お薬です。飲んでください」

彼が体を起こして、私から薬を受け取るとそれを水で流し込んだ。そしてそのまま横になる。

「悪いな、ベッドまで。寝れば治ると思うから」

話をしながら喉を押さえている。腫《は》れているのか痛そうだ。

「何も気にしないでゆっくり休んでください。弟が風邪をひいたとき私が看病していたので、慣れてますから」

ベッドの中で苦しそうな呼吸をしながら、でも彼はわずかに口角を上げた。

「しかし、君でもあんなに怒るんだな」

「だってあまりにも聞きわけがないから」

言葉にしてからちょっと失礼だったかなと思ったけれど、彼は気にしていないようだ。

「こんなふうに心配されるのも、なかなかいいな」

「心配くらい、いくらでもしますよ。夫婦なんですから」

これまで一度も私が口にしなかった〝夫婦〟という単語に彼が驚いた顔をした。でもその後、頬を緩ませ笑う。

「初めて自分から〝夫婦〟だって言ったな」

うれしそうにした彼が、私の手をぐいっと引いた。近づく唇、しかし彼はすんでのところで止まった。

「大丈夫だと思うが、万が一うつるといけないから、治ったらする」

「そ、そうしてください。とりあえず、今は体を休めて」

び、びっくりした。弱っているからって、油断していた。

「そうだな、じゃあ眠らせてもらう。おやすみ」

「はい、おやすみなさい」

私は彼が目を閉じたのを確認して、なるべく音を立てないようにしながら部屋を出た。

はぁ……とりあえずは、大丈夫かな。

無事にベッドまで運び、薬を飲ませたことでほっとする。

私にあんないたずらするくらいだもの。大丈夫だよね。

さっきのキス未遂を思い出してしまい、恥ずかしくなる。

食事はいらないと言っていたけれど、目が覚めたときにお腹がすいているかもしれないので、何か食べられるものを用意しておく。

喉が痛そうだったな。レモンもあったしはちみつ漬けを作っておこう。

看病といってもできることはあまりない。今私にできることは、彼が早く回復するようにと願うことだけだ。

彼が寝室に入って二時間ほど経った。様子を見るために静かに部屋の扉を開くと、廊下の明かりが中を照らす。それを頼りにゆっくりと彼の近くに寄って様子を窺った。

するとと私の気配に気が付いたのか、彼が目を開けた。

「すみません、起こしてしまいましたか？」

「いや、どのくらい寝ていた？」

今の時間を知らせながら、私は遼一さんの額に手を当てた。解熱剤が効いたのか先ほどよりも熱は下がったようだ。呼吸も整ってきている。

「お水をどうぞ」

枕元《まくらもと》に置いておくために準備していた水を、体を起こした彼に手渡す。

するとごくごくと飲み干した。かなり喉が渇いていたらしい。

空になったグラスを受け取りながら、尋ねる。

「食べられそうなら、おかゆ食べますか？」

昼も食べていないなら、お腹がすいているはずだ。少し熱が下がった今なら食べられるかもしれない。

彼は少し迷ったようだったが「食べる」と言ったので、私はすぐに部屋を出てコトコトと煮ていたおかゆを器に盛り付けた。

塩だけのシンプルな味付けにして、小皿に梅干しと昆布を乗せ彼の元へ運ぶ。

寝ていた彼が体を起こし、トレイを受け取った。

レンゲですくったおかゆを冷ましながら口へ運ぶ姿を見てほっとする。多少なりとも食欲が出てきたなら安心だ。

彼が食べている間に、着替えを用意する。きっとたくさん汗をかいているはずだ。

部屋に戻ると彼はすでに食事を終えていた。

「着替え、持ってきました」

「ありがとう」

私が手渡すと彼は、ためらうことなく服を脱ぎ始めた。いきなり視界に入ってきた彼の男らしい体に驚き顔を背ける。

「きゃあ、いきなり脱がないでください。あの外に出るまで待って」

食べ終えた食器を手に慌てて部屋の外に出て、バタンと扉を閉じる。

すると中から笑い声が聞こえてきた。

「もう、慣れていないんだから、笑わなくてもいいのに」

思わず口を尖らせて小声でぐちる。

弟がいるからといって男性の裸を見慣れているわけではない。そもそも弟は弟、遼一さんは夫だ。

いや普通の夫婦なら夫の裸も見慣れているはずなのかな？

こんなことで、自分たち夫婦がやっぱり契約上の夫婦だと思い知る。

彼を大切に思う気持ちはある。尊敬もしている。もちろんそのどちらも夫婦にとって大切なものだ。

けれど他の夫婦は、互いにそれ以上の感情を持ち合わせている。

期間限定だから仕方ない。そう思うのだけれど、自分の中のもうひとりの自分が不満げに唇を尖らしている。

いったい自分はどうしたいのだろうか。

自分の感情をうまく整理できないまま、キッチンで後片付けをする。

片付けを済ませた後、すぐにシャワーを浴びて休むことにした。リビングの大きなソファは、遼一さんだったら眠るのに苦労しそうだが、私には十分だ。来客用の枕と布団を引っ張り出してきて寝床を作った後、彼の様子を最後に見ておく。

廊下の電気を消してから、部屋の扉を開けた。さっきは廊下からの明かりで彼を起こしてしまったからだ。

暗がりに慣れた目で、寝ている彼の近くに行く。ベッドサイドにかがんで彼の様子を観察する。

呼吸はまだ少し早いが最初に比べたらずいぶん楽そうでほっとした。顔色は暗くて確認できないが、苦しそうな表情でないことはわかった。

はぁ、よかった。

悪化していくようならば、病院へ行こうと思っていたがそこまでしなくても済みそうだ。油断はできないが、このまま朝まで眠ってくれることを祈る。

遼一さん、忙しすぎなのよ。

インディゴストラテジーの社長を務めながら、他の会社の運営にも携わっている。詳しい仕事内容はわからないが、時々英語で電話をしていたりするので海外の取引先も多そうだ。

私が手伝えること、ないのかな。

疲れた顔の彼を見てそう思う。松茂さんや小松島さん。仕事ができる人が近くにいてそれでもこれだけ忙しいのだから、私が手伝えることは何もないだろうな。

上半身をベッドに預けてじっと彼を見る。

自分が世話焼きだという自覚はある。

けれど遼一さんに対して〝してあげたい〟と思う気持ちは、それとは違うような気がする。具体的にと言われるとわからないけれど。

自分の気持ちが理解できずに、困ってしまう。いつかわかるときがくるのか。

急に眠気が襲ってきた。しかしもう少しだけ彼の傍にいたいと思う。

もう少しだけ……。

心の中でそうつぶやきながら、私は目を閉じた。


翌朝、目覚めた私は驚いて声をあげそうになった。慌てて手で口元を押さえ呼吸を落ち着ける。

たしか昨日、彼の様子をベッドの横で窺っていて、急に眠気に襲われた。その後……どうして彼のベッドに潜り込んでしまったのだろうか。まったく記憶がなくて焦る。

目覚めると同時に、目の前に遼一さんの綺麗な顔があるのだから驚くのも無理もない。

あ、体調はどうかな。

彼の呼吸を確認すると、楽になっているようでほっとする。

安心したせいか、今度は別のことが気になる。

至近距離で彼の顔を見ると、本当に整った顔だと感心する。うらやましいくらいに長いまつげ、すっと通った鼻筋。普段は見られない無防備な姿に目が奪われる。

じっと観察していると、パチッと彼の目が開いた。驚いた私は目を見開いた。

距離をとろうとするが、いつの間にか背中に回されていた遼一さんの手が逆に私を引き寄せた。

「おはよう」

「お、おはようございます。体調はどうですか？」

「ん、朝から梢が隣にいるから、最高に気分がいいな」

刺激の強いリップサービスに、耳まで熱くなる。

「そ、そういうことを、言ってるんじゃなくて」

慌てる私を見て、彼はクスクスと笑っている。

「悪い、すごく良くなった。梢のおかげだ。ありがとう」

すぐに彼の顔が近づいてきて、唇にキスを落とす。急なことでキスされた唇に指を当てて驚いていると、彼は笑みを浮かべた。

「治ったらするって言っただろ」

「たしかに、言ってましたけど」

まだ慣れてないうえに、今は一緒のベッドに寝ているのでものすごく胸がドキドキする。

「昨日、梢が俺たちのこと〝夫婦〟って認めたから、今日からは遠慮しない」

「あの、でも不意打ちは困ります」

そう何度もされると、心臓がもちそうにない。

「大丈夫、そのうち慣れるさ」

そう言うともう一度彼が、キスをする。目を閉じて彼の唇の感触だけを受け取る。

胸が甘くうずくとともに、体の熱が上がっているのがわかる。

「これは、昨日の看病のお礼」

「お礼……ですね」

ドキドキするけれど、嫌じゃない。蕩《とろ》けるような甘いキスはたしかにご褒美《ほうび》にふさわしい。

「んっ……」

もう一度キスをされる。今度はさっきよりもずっと濃厚で、開いた唇から彼の舌が入ってきた。

翻弄《ほんろう》されている私は、素直に彼の動きに合わせる。舌を絡め合うと恥ずかしさと気持ちよさで、彼とのキス以外何も考えられなくなった。

「はぁ……う……んっ」

自分の漏らす吐息交じりの声。恥ずかしいけれど止められない。彼はキスだけでなく、その長い指で私の耳もくすぐった。

体がビクンと跳ねると、やめるどころかもっとキスも耳への刺激も強くなる。

これ以上は……もう、無理。

限界を感じた瞬間、彼が唇を離した。互いの視線が絡み合う。情熱のこもった瞳に見つめられると体の芯から溶け出してしまいそうだ。

「これ以上は、俺が危ないな。止められなくなる」

興奮が掠《かす》れた声に乗って伝わってくる。

「これも、お礼のキスですか？」

息を整えながら聞く。

「いいや、したいからした。本音を言うならもっとしたい」

きっとこれは本気で言っている。そして私も嫌じゃない。

「あぁ、人生で初めて仕事に行くのが嫌だって思う」

「そんな、大げさです」

子供のような態度に、思わず笑ってしまう。

「本気だよ。このままずっと梢とここにいたい」

熱のこもった眼差しに、ドキンと胸が大きく高鳴った。

「そんな顔するな。本当に抑えが効かなくなる。とりあえず今日はここまで。あと一時間、梢を抱きしめながら寝たい」

彼は私を抱き寄せると、その広い胸に私を囲い込んだ。心地良い彼のぬくもりにほっとする。

遼一さんといると、本当に感情が忙しい。ときめいたり、ドキドキしたり、心地よかったり。でもどれもうれしい感情ばかりだ。

契約だからと割り切らずに、私のことをもそして祖母のことも大切にしてくれている。何の取りえもない私の小さないいところを見つけて、自信を持たせてくれる。

ありのままの私を受け入れてくれる彼に、心を奪われた。

彼にかわいいと言われると女性として生まれてきてよかったって、心から思える。

私は彼に抱きしめられながら、一時間の安らぎを楽しんだ。

そして彼の腕の中、もう自分の気持ちはごまかせないとさとる。

遼一さんが、好き――。


それから軽く食事を済ませた遼一さんは、仕事に向かった。スーツに着替えた彼はいつもと同じに見える。でもそう見えるだけで、まだまだ本調子ではないはずだ。

「あまり無理しないでくださいね」

「あぁ。土曜だから、早く帰れると思う」

それならば一緒に食事ができると考えていると、彼が急に振り向いた。

「そういえば、昨日の昼休みどこに行っていたんだ?」

いきなり聞かれて、少し戸惑った。彼には幹のことは詳しく話さないと決めたからだ。

「えっと、銀行に行きたかったんです。連絡すればよかったですね」

「なんだ、そんなことか。別に、君がいなくてもひとりで食べられるから気にするな」

昨日私が言ったセリフを覚えているようだ。からかうように笑う彼をいってらっしゃいと言って送り出した。

「さーてと、今日はあの部屋を綺麗にしよう」

私は腕まくりをしながら、彼の部屋に向かう。先ほど部屋の掃除をする許可をもらったのだ。中に入ってあらためて惨状を目にする。

「どうやったら、こんなになるの⁉」

あまりのひどさに思わず文句が出た。幹の部屋もかなり汚かったけれど、この部屋の散らかり具合も相当だ。

いつもはクールにしている彼の意外な一面になんだかほっとする。彼も完璧じゃないんだと。そしてそれを知っている人物は彼の身近にいる人物だけ。

自分がそのうちのひとりであることをうれしく感じる。

まずは洗濯物から回収っと。

手を動かしながら、ふと考える。散らかっているのはこの部屋だけ。ふたりで使っている共有部分はいつも清潔だ。きっと私が来てから彼はずっと気を遣ってくれていたのだろう。

言ってくれればよかったのに。

ずっと彼に気を遣わせていたのかと思うと、申し訳ない。それと同時に彼の不器用な優しさがうれしい。

彼のことをもっと知りたいと思うけれど、残された時間であとどれくらい彼のことを知ることができるのか。

前向きな気持ちと後ろ向きな気持ちが湧き上がってきて、立ち止まりそうになる。

契約期間が終わったら、どうなるの？

先のことを考えて怖くなった私は、これ以上何も考えないですむように、必死になって手を動かした。


最近妻らしくなってきたのではないかと思う。

朝、彼のための食事を用意し、眠そうな顔の彼がダイニングテーブルに着くのを待つ。そこから一緒に食事をし、彼のためのお弁当を作る。

仕事はこれまで通りだけれど、帰宅したら掃除や洗濯をして、夕食を作る。もともと家事は嫌いでなかったし、誰かのために何かするのは好きだけれど、それが好きな人のためなら、ますます張り切ってしまう。

けれど慣れないことももちろんあるわけで。

「風呂、どうぞ」

「はい、えっ、あっ」

キッチンで声をかけられて返事をして振り向くと、そこにはシャワーを浴びたばかりの彼が濡れた髪をタオルで拭《ふ》きながらこちらにやって来ていた。

しかしその姿が問題だ。下はスウェットを履いているものの、上半身は裸だ。

私は慌てて目を逸らしたけれど、彼の男らしい体をばっちり見てしまった。

「早く服を着ないと、湯ざめしますよ」

季節は冬。十二月に入り世間はクリスマスムード一色《いっしょく》だ。

部屋の中は二十四時間空調が整っているので寒くはないが、それでもそう言わずにはいられなかった。

「そろそろ、俺の裸に慣れてくれない？」

「む、無理です」

弟の裸なら見慣れているのに、遼一さんの裸になるとどうしても意識してしまう。好きな人のだから仕方がないのかもしれないけれど。

「まぁ、初々《ういうい》しくてそれはそれでいいんだけど。松茂にからかわれた。君が俺のことを意識しすぎだって、なんだかぎこちなく見えるらしい」

「それは……すみません、困りましたね」

遼一さんの第一秘書である松茂さん。彼がぎこちないと言うなら、周囲から私たちがそう見えているのだろう。

私にも思い当たるふしがないわけではない。それは三日前、久しぶりに社長室で遼一さんとお昼を一緒に摂ったときの話だ。


午前中の会議が長引いたとのことで、彼が不在だったので第二秘書の小松島さんに社長室に案内してもらった。

彼女が私のことをよく思っていない——遼一さんの妻とは認めていないことは知っている。あたりが少々きつくなるのも嫌だけれど彼女の気持ちを思うと理解できた。

お茶を淹れようと社長室にあるキッチンに向かう。遼一さんからは使っていいと言われているので、許可なく向かった。

「那賀川さん、できればそちらにはあまり立ち入らないでいただけますか?」

「え、でも……」

遼一さんに許可をもらったのだと言おうと思ったが、彼の名前はあまり出さない方がいいと思い黙る。

「以前あなたが使用した際、色々なものの場所が変わっていたの。それにそこにある茶葉やコーヒーはどれも社長のために私が用意した最高級のものです。丁寧に扱ってください」

「知らなくて、すみませんでした」

彼女の言動から、私に触ってほしくないのだと言っているのが伝わってきた。

「私が淹れますので、あちらで座っていてください。そもそも本当になぜあなたが社長に選ばれたのか今でもわかりません。ふたりでいてもまったくつり合いがとれていないのに、お気づきにならないのですか？」

冷たく言いながら、彼女は返事を待たずに私の脇を抜けてキッチンに入った。やることがなくなった私はおとなしくいつも座るソファに座って彼を待つ。

私がもし、小松島さんにも認められるくらいの人物だったら、きっとこんな思いをしなくて済んだのにな。

最近は自分にがっかりすることがあまりなくなっていたのに、こういう敵意を向けられると、すぐに落ち込んでしまう。

「梢、待たせたな。ごめん」

待っていると遼一さんが戻ってきた。そこにタイミングよく小松島さんがお茶を運んできた。

「お待たせしました」

「あ、小松島さんが淹れてくれたの？　悪いね、昼休みなのに」

「いえ、秘書として当然ですので」

にっこりと笑う顔は、私には絶対見せないものだ。

ここまで急いで来たのか、遼一さんはすぐにお茶を飲んだ。

「美味しいよ。ありがとう」

「恐縮です。では、失礼します」

彼女は遼一さんに気が付かれないように、私の方をちらっと見た。ほんの一瞬目が合っただけだが、勝ち誇った顔に気持ちが沈む。

「梢、どうかしたのか？」

「ううん、なんでもないです。食べましょう」

作ってきたお弁当を開いて並べる。

「うまそうだ」

彼はいつもと変わらず、笑顔を浮かべ箸を持っている。お弁当箱に並んでいるのは平凡な家庭料理そのものだ。

そのときふと小松島さんの言葉が頭の中によみがえってきた。

『社長のために私が用意した最高級なものです。丁寧に扱ってください』

私が作ったものがけなされたわけではない。遼一さんは喜んでくれている。

しかし彼女の私を否定するような言葉たちが、暗い気持ちにさせる。

ううん、気にしちゃダメ。ポジティブにならなきゃ。

「これ、今日すごく上手にできたので、食べてみてください」

「ああ、ありがとう」

彼が満足しているならそれでいい。自分を納得させようとする。しかし心の中のもやもやはなかなか消えてなくならなかった。

もう三日も経っているのに……。自信のなさから、ふとした瞬間に負の感情が押し寄せてくる。

「梢、いつまでも皿洗ってないで風呂入れって」

「あ、はい」

彼の言葉に我に返った私は、洗い物を終わらせるとバスルームに向かった。妻らしくなるにはまだもう少し時間が必要みたいだ。

翌日、私は人事部の手伝いで来年の採用試験の準備をしていた。

「来年も志願者多いといいわね」

同じ仕事をしている勝浦さんが、データを確認しながら話しかけてきた。

「今年も社長は最終面接するのかな？」

会社の規模も大きくなり、採用については役員面接で済ませても問題ない。けれど社長はいまだに最後の面接は自分も学生と向き合う。

「どうでしょう。でもきっと何か考えがあってのことだと思います」

「ふ～ん」

意味ありげな返事に勝浦さんの方を見ると、ニヤニヤと笑っていた。

「なんか夫婦って感じだよね。旦那様のこと信頼しているんだぁ」

「そんなつもりでは……ないですけど」

もちろん信頼しているけれど、こんなふうにあからさまに言われると恥ずかしい。

それとともに〝夫婦って感じ〟と言われたことがうれしかった。

そのときデスクの電話が鳴った。内線のランプがついている。

「総務部那賀川です。……お客様ですか？」

受付からの電話だった。相手の名前を聞いて驚き、私は一階の受付まで急いだ。

エレベーターを待つのももどかしい。しかし焦っても仕方ないと私は深呼吸をしながら急ぐという器用なことをした。

《ダニエルさん》

《コズエ！》

受付にいたのは間違いなく、パーティで一緒になったダニエル氏だ。

《社長と約束ですか？》

《いや、会いたいけれど約束がないと会えないって言われてね》

どうやら彼は、突然訪ねてきたようだ。受付も約束がない相手を社長に取り次ぐわけにもいかないだろう。

それで私の名前を思い出し、口にしたのだ。

よかった。いくら知らない相手だといっても追い返すのは違うだろうし。

《あちらにおかけになって、少しお待ちください》

受付のスタッフに彼をソファに案内してもらい、私はもうひとりのスタッフに確認した。

「社長室の秘書には連絡しましたか？」

「はい。第二秘書の方に。ただ社長は外出中ということで、こちらに対応を任されました」

なるほど、ダニエル氏との契約はまだ締結されていない。小松島さんはダニエル氏のことを知らなかったのかもしれない。

これは私が判断していいものかどうか……。とりあえず松茂さんに連絡をしよう。

遼一さんに何かあったときのために連絡先を交換していたのが役に立った。

すぐに電話をかけると、松茂さんも最初は驚いたがその後ダニエル氏を社長室にご案内するように指示された。

よかった……とりあえずはなんとかなりそう。

急いでダニエル氏を社長室に案内する。待たせたことを詫びたが、彼は気にしていないようだった。

役員フロアに向かうと、松茂さんから連絡があったのか小松島さんが私たちを出迎えた。

「那賀川さん、ここからは私が」

「はい。お願いします」

頼まれたのは案内までだ。

《ここから先は彼女がご案内します》

《ダメ。この間のお菓子のこと聞きたい。リョウイチが帰ってくるまで一緒におしゃべりをしよう》
ダニエル氏は大切なお客様だ。無理難題を言っているわけではないので、私はリクエストに応えることにした。
しかし小松島さんはそれを快く思わなかったようだ。
《お話でしたら、私が――》
《悪いが私は、コズエと話をしたいんだ》
ダニエル氏の言葉に、表情は崩さなかったが一瞬不機嫌になったのがわかった。おそらく断られるとは思っていなかったのだろう。
しかし客人の依頼を優先するのが当たり前なので、彼女はにっこりと笑って、私たちを社長室に案内した。
移動の間も楽しそうに話をする彼に合わせてあいづちをうったり、返事をしたりしながら廊下を歩く。
和やかな雰囲気になんとか場を繋げそうだとほっとしたけれど、ダニエル氏とは違い小松島さんは冷たい表情でじっと前だけを見つめていた。
社長室の中に入るとダニエル氏にソファをおすすめして、私も向かいの席に座った。

私たちの前にコーヒーを置くと、小松島さんはそのまま頭を下げて出て行く。
ほっとした私は思わず、小さな息を吐いた。
《彼女はダメだな。裏表がある》
ダニエル氏が小松島さんが出て行った扉を見ながらつぶやいた。
否定するのも失礼になるし、かといって賛同もできない。私は曖昧に微笑むしかない。
《コズエ、それは〝笑ってごまかす〟だな》
《難しい日本語をご存じですね。コーヒーをどうぞ》
曖昧に笑いながら、カップに手を伸ばした。
《コズエはリョウイチと結婚して幸せ？》
唐突に聞かれて、コーヒーを危うくこぼしそうになった。
家族を大切にするダニエル氏。そのために私は彼と契約結婚をした。だからこそここは迷いなく「幸せだ」と答えなくてはいけない。
けれど、上辺だけの言葉は危険だ。
彼は小松島さんがうまく隠していたつもりの内面をすぐに見破った人物だ。きっと適当な答えをすれば見抜かれてしまう。

私は遼一さんのことを思い出し、それから口を開いた。

《彼は私の一番大きな問題を解決してくれた優しい人です。そして努力をちゃんと認めてくれる人。私が作るご飯を、美味しいと言って食べてくれるんです。もちろん仕事もできるし、社員にも愛されてます。でも、あの実は掃除がすごく下手なんです》

途中から何を言っているのかわからなくなってしまった。とりあえずまとめなくては。

《そういう彼の一面を見ると、なんかこううれしくなるんですよね。ふたりだとちょっと意地悪したりしてくるんですけど。あ、もちろん私が嫌がったらやめてくれます》

焦ったせいでますます、どうでもいいことを口走ってしまう。

ダニエル氏はそんな私の話をうんうんと、うなずきながら聞いている。

《だから、あの……私。幸せです》

あまりにも拙い今の説明で伝わっただろうか。心配になってダニエル氏を見ると彼はニコニコと満面の笑みを浮かべていた。

《リョウイチはいい奥さんをもらったね。きっとこれからいい仕事をするだろうな》

いったい私の言葉のどこにそういう解釈をしたのか疑問は残る。しかし私はなんとか危機を乗り切ったことでほっとした。
コンコンとノックの音が響き、扉が開いた。
そこには遼一さんの姿があった。
《お待たせしました。ダニエル》
《いや、急に来たこっちが悪い。それにコズエと楽しく過ごしていたから平気だ》
「ありがとう、梢」
遼一さんが私の方へ来て、肩に手を置いて顔を覗き込んできた。その笑顔がまぶしくてドキンとする。
さっきの話、聞かれていないよね。
ダニエル氏との会話を、もし彼が聞いていたらと思うと急に恥ずかしくなってきた。
きっと平気。扉が閉まっていたもの。
《彼が帰ってきたので、私は失礼します。またお会いしましょう》
《あぁ、次は妻も一緒に食事しよう》
手を差し出したダニエル氏と握手をして、私は社長室を出た。
扉を閉めてそこから数歩離れ「はぁ」と大きな息を吐く。体の力が抜けてしまいそうだ。それほど緊張していた。

大きな失敗はしていないと思うけれど。

自分の失敗が、遼一さんのビジネスの失敗に繋がるかもしれないと思うとやはり心配だ。

後で問題がなかったか、遼一さんに確認しよう。

気持ちを切り替えてエレベーターに向かおうと顔を上げかけたとき、女性の足が目に入る。見覚えのあるハイヒールに顔を上げたくないと一瞬思ってしまった。

「少しよろしいでしょうか？」

「はい」

もちろん断ることなどできずに、私は小松島さんに連れられて秘書課の打ち合わせブースに入った。

「いつ、テイラー氏と知り合いに？」

前置きなど一切なく、本題を切り出された。

「先日パーティでお会いしました。大事な取引先だと聞いています」

「パーティ？　聞いていないわよ」

吐き捨てるように言う様子が怖くて、私は黙ったままでいる。

「仕事の親睦会は、これまで私が社長のパートナーを務めていたのに」

切り裂くような視線を向けられて、胃がキリキリと痛む。

「今回は夫婦で参加することが条件だったようなんです。ですから——」

「夫婦？　あなたが藍住社長の妻なんて誰が認めるかしら」

私が妻だと言い返すべきだ。しかし自分でさえつり合っていない自覚があるため、言いだせない。

下を向いてまた黙ってしまった私を、小松島さんが笑う。

「どうやって、社長に取り入ったの？　教えてくれない？」

揶揄《やゆ》するような笑みを浮かべ、下を向く私の顔を覗き込む。理由を聞かれたところで、お互いの利害が一致したからなんて口が裂けても言えない。

「む、昔からの、し、知り合いで」

嘘をつくと失敗する。不器用なのは自覚がある。ごまかすのが精いっぱいだ。しかしこれで納得してくれるだろうか。

焦って次の言葉が出ない。

そんなとき、ドアをノックする音が響いた。

「誰よ」

小松島さんが小さく吐き捨てた後、「はい」と返事をした。扉から顔を出したのは松茂さんだった。

「奥様、ダニエル氏への手土産、手配いたしました。確認をお願いしてもよろしいでしょうか？」

「あ、はい」

先ほどダニエル氏の来訪の連絡をした際に、手土産の手配も頼んでいたのだ。

どうにかここから抜け出せると思いほっとした。

私は小松島さんから逃れるように、一礼をしてそのまま打ち合わせブースを出た。

「和菓子と、あとチョコレートでよかったでしょうか？」

「はい。チョコは奥様がお好きなので。あの、確認は？」

松茂さんの手にあるはずの、手土産はなかった。

「すでに包装してもらっているので、確認は必要ありません」

「じゃあ、なんで」

あ、もしかして私を連れ出してくれた？

彼を見ると、わずかに眉尻を下げた。

「部下が大変失礼をしました。わたくしから注意をしておきます」

「い、いえ。少し話をしていただけなので。あ、そうそう美味しいコーヒーの淹れ方を習っていたんです」

簡単に嘘だとばれるだろう。けれど波風立てたくないという意図は伝わるに違いない。

「そうですか。では、今後困った際は今日のようにわたくしに遠慮なくお電話くださいね」

そう伝えるとエレベーターに乗り込んだ私を見送ってくれた。


その日、金曜日の夕方。終業時刻を迎え、やり残した仕事がないか確認をしながらデスクの片付けを済ませる。

「那賀川さん、もしよかったら久しぶりにご飯どう？　いいお店見つけたの」

隣の席の勝浦さんが、椅子をころころ転がしながらすーっと私の近くまできた。

遼一さんの今日の予定を思い出す。金曜日はいつも帰りが遅い。夜食を用意するだけなので、連絡を入れておけば問題ないだろう。そう思い「行きます」と返事をしようとしたそのとき、勝浦さんの顔が驚きに包まれる。

「どうかしたんですか？」

なぜそんなに目をまん丸にしているのかと尋ねたら、返事の前に答えがわかった。

「悪いが別の日にしてもらえないだろうか。今日は妻をデートに誘いたいので」

背後から聞こえてきた声に、驚き振り向いた。

「りょ……社長。どうしてここに？」

危うく名前を呼びそうになった。

「だからさっき言っただろう。デートしよう」

私の顔を覗き込みにっこりと微笑む彼。しかし私は周囲の好奇心いっぱいの視線が気になってしまう。

「えぇ、もちろんです。夫婦のデート大切ですものね」

勝浦さんは突然現れた遼一さんに驚き、私の代わりに返事をしてすんなり私を差し出した。

「ありがとう。これからも梢のことよろしく」

「はい！　もちろんです」

社長に頼まれたらダメだとは言えないだろう。

「じゃあ、外で待ってるから」

遼一さんは先にフロアを出て行った。

隣にいる勝浦さんに、頭を下げる。

「勝浦さん、ごめんなさい。あのこの埋め合わせは――」

「週明け夫婦のデート話聞かせてくれたらいいから」

こそっと私にそう言って、視線で「早く行って」と言われた。

おそらくフロアの他の社員も、気になって仕事の手を止めているに違いない。

「おつかれさまでした」

いつも通り挨拶をして、急いで遼一さんを追いかけた。彼はフロアを出てすぐのところで待っていて、私が傍《そば》に行くとゆっくりと歩き出した。

「びっくりした？」

「はい。前もって連絡してくれたらよかったのに」

そうすれば、あんなに注目されずに済んだ。

「それじゃ、サプライズにならないだろ」

呆れた様子で言われてしまった。

「それはそうですけど」

「たまには、愛妻家ぶりをみせつけておかないと。な？」

たしかにこれも妻の務めと言われれば、納得するしかない。

いつもは使わない地下駐車場に降りて、遼一さんの車に乗る。久しぶりの彼の運転だ。

「今日はどこに行くんですか？」

「ん、いいところ」

どうやら行き先もサプライズのようだ。彼がいつもよりも楽しそうだから、私もこれ以上追及しない。

「楽しみです」

私のために時間を作ってくれた彼。その気持ちに応えるように私は自分のうれしい気持ちを素直に伝えた。

「実は俺も」

ちらっと私の方を見て浮かべた笑顔は、いつもの彼とは違いリラックスしていた。

そして車で走ること一時間半。初めての彼との遠出に気持ちがどんどん高まった。

本日の目的地に到着すると、私の気持ちの盛り上がりが最高潮に達する。

「わぁ、素敵」

目の前には煙突のある白亜《はくあ》の洋館がライトに照らされている。南欧だと言われても信じてしまいそうだ。

「気に入った？」

「はい、もちろんです。あのここは？」

「美味しい料理が食べられるんだ。今日のご褒美に。さぁ、行こう」

彼が手を繋いで歩き出したので、私もそれについていく。

入口にはドアマンが立っており、私たちを丁寧に出迎えてくれた。

手を繋いだままで人前に出るのに慣れていないので少し恥ずかしいけれど、それでも嫌だとは思わなかった。

案内されたのはふたりで使うのには広すぎる個室だった。テーブルに彼と向かい合って座る。

「本日はお越しいただきまして、ありがとうございます」

シェフがやってきて丁寧に挨拶をする。好みやアレルギーなどの確認、本日のコースの説明をすると今度はソムリエがやってきた。

「彼女にだけ、飲みやすいのを」

「おすすめはこちらになります」

ソムリエは私の方へメニューを開いて見せた。

「あの、遼一さんが飲まないなら私も遠慮します」

「気にしなくていい。君は少し飲んだくらいの方が、リラックスできるんじゃない？」

言われてみればそうかもしれない。慣れない場所に緊張していることが彼にばれてしまっている。それなら彼のアドバイスに従って、少しアルコールを摂取した方が食事が楽しく進むだろう。

「白ワインは?」

「たぶん。好きです」

あまりワインは詳しくない。しかし赤よりは白が好きなのでうなずく。

「じゃあ、これを」

遼一さんがメニューを指さすとソムリエが「かしこまりました」とうなずいた。

注文を済ませた後、ライトアップされた庭を見ているとすぐにワインと料理が運ばれてきた。

「今日は、ダニエルの相手をありがとう」

「いいえ、本当にお話をしていただけなので。お役に立ててよかったです」

彼がミネラルウォーターの入ったグラスを掲げるので、私もワイングラスを少しだけ持ち上げてから飲む。

「甘い、でも後味はすっきりしていてとっても美味しいです」

「よかった。おかわりもすればいいから」

「はい。でもこれなら調子に乗って飲みすぎちゃいそう」
普段はあまり飲まないが、お酒が嫌いなわけじゃない。週末たまに飲みたくなると
おつまみを作って昼から飲む日もあった。
「俺がいるから平気だろ。今日はお礼なんだから。ダニエル、梢のこと相当気に入っ
たみたいだな」
「それはよかったです。でも、さっきも言いましたが特別なことは何もしていないの
で」
悲しいけれど仕事の内容については、私ではわからない。専門的な話になれば、英
語もついていけないだろう。
「仕事の話は俺の役目だ。そこまで梢がしたら俺の出番がなくなる」
「ふふふ、大げさです。でもダニエルさんも急に訪ねてくるなんて驚きましたね。私
のこと覚えていてくれてよかった」
一度は受付で追い返されそうになっていた。もし彼がそれで帰ってしまったら心証
は良くないだろう。
「こちらのミスだな。俺の秘書ならアポイントがなくてもきちんと対応をしておかな
くてはいけない人物だ」

わずかに顔を曇らせた彼を見て、おそらく小松島さんの対応について言っているのだと理解した。今回の案件は相手が窓口を社長である遼一さんに絞っている。社内ではまだ大きな扱いをしていなくても、社長秘書ならば今日のような対応を受付に任せるなんてことはあってはいけない。

楽しい食事の席にその話題はそぐわないと、話を変える。

「それより、お土産気に入っていただけたでしょうか？　奥様がチョコレートがお好きっておっしゃっていたので、今回は和菓子とチョコレートを松茂さんにお願いしたんですけど」

「あぁ、それも助かった。すごく喜んでいた。本当に今日は梢がいなかったら大変なことになっていた」

褒められるとうれしくて、顔が緩む。いつも誰かの役に立ちたいと思っているけれど、やはり遼一さんに必要とされると特別うれしい。

「さぁ、料理がきた。たくさん食べよう」

「はい」

料理が好きでもなかなかチャレンジできない本格フレンチを前に、私はいつもより饒舌《じょうぜつ》になった。

ワインの力もあったのかもしれないが、普段よりもいっそう彼が優しく私は楽しくて美味しくて常に笑顔だった。こだわった素材や凝《こ》ったソースの料理を堪能し、私たちの前にはデザートが並んでいる。

「ふふふ、こんなに楽しい食事久しぶりです」

「そうか、喜んでくれてよかった。ここ朝食もうまいんだ」

「朝早くから開いてるんですね」

こういうレストランは夜だけ営業しているものだと思い込んでいた私は、珍しいなと思う。

「いや、そうじゃない。梢」

「はい」

あらためて名前を呼ばれたので、顔を上げて彼の顔を見る。

するとこれまで和やかに笑っていたはずなのに、急に真剣な目を向けられて、どうしたのだろうかとわずかに首をかしげた。

「実はここ、オーベルジュなんだ。だから宿泊も可能だ」

彼はジャケットの胸ポケットから、鍵を取り出しテーブルの上に置いた。

「一応部屋は取ってある。泊まるかどうか梢が決めて」

「私が、決めるんですか？」

彼は何も言わずにうなずいた。

熱のこもった真剣な眼差し。彼の気持ちは十分伝わってくる。

待ってくれているんだ。私が決心するのを。

このまま帰ることもできたのに部屋を用意してあるということは、彼にはそのつもりがあるということだ。わざわざこのようにしたのは、彼が私を気遣ってのことだ。

何度かキスをした。私もそれを受け入れたし、むしろ嫌じゃなかった。彼のすべてが気になるし、触れられるとうれしい。

これも夫婦らしくなるために、必要だから？

そう思うと胸がチクッと痛んだ。

違う、今考えなくてはいけないのは彼の気持ちじゃない。自分と向き合わなきゃ。

彼は私の気持ちを知りたがっているのだから。

彼には素直でいたい。好きになった人だから。

もう答えは出ている。彼と一緒に過ごす時間を断るなんてできない。

「どんな部屋なのか……見てみたいです」

この答えで合っている？

彼の様子を窺うと、黙ったままこちらを見ていた。

何か答えてほしい。

心臓がドキドキして苦しい。頬に熱が集まってきている自覚もある。

すると彼が私の目の前にあったワイングラスを手に取った。そして残っていたワインを一気に呷《あお》る。

「これで帰りたいって言っても、無理だからな」

グラスを置きながらそう宣言する。

彼の熱のこもった瞳にとらわれた私は、彼の言葉にゆっくりとうなずいた。


その後、個室を出た私たちはスタッフに離れの部屋に案内された。

室内はクリーム色をベースにした明るい雰囲気の部屋で、一番に目に入ったのは座り心地の良さそうな深い緑色のソファだ。

「ほら、こっち来て」

遼一さんに手を引かれて天井高のガラス窓の前に立つ。

「え、専用庭まであるんですか?」

目の前にはテラスがあり、専用の庭があった。ライトアップされた木々が美しい。

「コート片付ける前に、出てみようか」

私がうなずくと、彼は私のコートを手に取り羽織らせてくれた。次いで自分のコートも羽織ると扉を開けて外に出る。

日が暮れた十二月。外に出るだけでも寒さで頬が痛い。

「やっぱり寒いな。でもこれ、見せたかったんだ」

彼が上を指さす。指した方へ目を向けると星空が広がっていた。

「わぁ、こんなに綺麗に見えるんですね」

「東京と違って、このあたりは夜になると暗いから」

たしかに耳を澄ませても、風が木を揺らす音くらいしか聞こえない。

「これは、寒くても絶対見た方がいいですよね」

「冬の方が星が綺麗に見えるからな」

彼が私の背後に立つと、後ろからぎゅっと抱きしめてきた。

「これで少しはあったかいだろ？」

「はい」

彼の体温を感じながら、ふたりで星を見上げる。

「夜空を見上げることすら、久しぶりだ」

静かに彼がそうつぶやく。顔は見えないけれど、その口調からリラックスしているのが伝わってくる。

たぶん、ずっと気を張っているんだろうな。

一緒に暮らしてからわかったが、社長業というのは本当に忙しい。彼の場合他の事業も展開しているとあれば、私の想像以上だろう。

「私は屋上庭園で過ごすときはぼーっと空を眺めています」

「そうだったな。あそこは君のオアシスだろ？」

「まぁ、そんなものです」

たしかに仕事の合間にほっとできる貴重な場所だ。

「俺は、あそこに行くときは考え事をするためだから、空さえ見ていない」

「本当にいつも忙しそうですね。体調気を付けてくださいね」

先日はすぐに良くなってほっとしたが、彼の口ぶりからすると時々ああいうことがあるみたいだ。

「梢と暮らし始めてからは、これでもゆっくりする時間が取れてる方だけどな。今日みたいに」

彼が私に回していた手に力を込めた。

「家に帰ったら君がいて、君の作った美味しいご飯を食べて、あのめちゃくちゃな部屋も綺麗にしてくれた」

「あれは、本当にひどかったです」

思わず本音がポロリと口からこぼれる。

「言ったな」

怒ったふりをした彼の手が、私の体をくすぐった。

「やだ、やめてください。くすぐったいの、苦手なのに」

耐えられなくなった私は、笑い声をあげながら身をよじり必死になって彼の攻撃から逃げる。

「相手に弱点言ってどうするんだ。降参する？」

「はい、降参です」

我慢できずにあっけなく勝負がついた。

「こうやって、ふたりで笑っている時間が俺には大切だ」

さっきとはうってかわって急に真剣な声色になり、私を抱きしめていた腕をほどいた。

どうしたのかと思って振り向くと、彼の視線がまっすぐに私を捉えた。

「遼一さん？」

「梢、左手を出して」

言われるままに私は自分の左手を差し出した。すると彼はポケットの中から指輪を取り出した。

それはエンゲージリングとしてふたりで選んだものだ。石にこだわったので出来上がりまで時間がかかると聞いていた。

「あ、それ」

「そう、少し前にできたって連絡があって」

彼が私の左手薬指にゆっくりと指輪をはめた。

「やっと渡せた」

白い息を吐きながら、笑みを浮かべる彼の顔を見ると胸の奥が熱くなってくる。

「素敵。うれしい」

きらきらと輝く指輪を見て、それから彼に視線を移す。

「よく似合ってる」

彼が私の手を取って、指輪を撫でながらこちらを見つめる。次の瞬間ぎゅっと手を握られ唇が重なった。

そのまま力強く抱きしめられ、キスが深くなる。

好き、彼が好き。

蕩けそうになるキスで、彼のこと以外考えられなくなった。これまで感じていたはずの寒さは、彼の腕の中でどこかにいってしまった。

「梢、続きは中で」

いつもよりも少し低い甘い声でそう囁《ささや》かれた私は、小さくうなずくことしかできなかった。

彼に手を引かれ、中に入る。暖房の効いた暖かい部屋でほっとする間もなく、彼が私を抱きしめた。

目尻、鼻先、頬、耳。順番にキスの雨がふりそそぐ。その間に彼は器用にも私のコートを脱がした
「ん、待って」

「ダメだ。待てない」

反論しようとした言葉はキスで飲み込まれる。深くなったキスを受け入れているうちに、私の膝裏にベッドが当たった。

「あっ」

ポスンと音を立てて、ベッドにしりもちをつく。すると彼が私の足を持ち靴を脱がせる。

「じ、自分でできます」

しかし彼は首を振った。

「俺がしたいんだ」

彼は黒のパンプスを脱がせると、膝がしらに口づけをする。そしてそのまま私の方へ視線を向けた。

「綺麗な足だ。靴擦れも綺麗に治ってる」

彼がかかとをそっと撫でた。

「あっ……」

くすぐったくて、身じろぎすると同時に声が出た。

恥ずかしくてぐっと唇を噛《か》むと、彼はくくっと楽しげに笑いながら、反対の靴も脱がす。そのまま彼がベッドに乗り上げた。

ふたり分の体を支えたベッドがギシッと音を立てた。彼の顔が近づいてくる。彼と一緒に暮らし始めて二ヵ月。いまだに見るたびに綺麗な顔だと見とれてしまう。漆黒の瞳が妖しく揺れる。言葉はなくてもその目から情熱が伝わってきた。

「怖がらないで。全部俺に任せて」

彼の言葉に、私は無言でうなずいた。

心臓は壊れそうなくらいドキドキしているけれど、怖くはない。これは期待に胸が高鳴っているだけだ。

私がＯＫすると、彼は優しく私の頬をその大きな手で撫でた。温かい手に目を閉じて思わず自分から頬を寄せる。彼は親指を軽く動かして頬をくすぐった。そのわずかな刺激さえ気持ちよくてうっとりしてしまう。

好きな人と触れ合うことが、こんなに心地いいなんて。

彼の手が離れた次の瞬間、私の唇は奪われていた。驚いて目を軽く開いたが、すぐにその激しさからぎゅっと目をつむってしまう。

ついばむようにチュッと口づけられたのは一度だけで、その後は強く押し付けてきた。ゆるく開いていた唇の間から、彼の舌がすぐに差し込まれる。

「んっ……」

驚いて鼻にかかった声が漏れる。私の中に侵入した舌は私の歯列をゆっくりとなぞった後、奥に隠れていた私の舌を見つけ絡ませてきた。

無我夢中で彼に応えていると、頭の中がぼーっとしてきた。ドキドキする胸に、熱くなる体。頭の中は彼のことだけでいっぱいだ。

彼の唇が離れたとき、やっと我に返った。

そのとき気が付いたのだ、自分がすでにベッドに横たわっていることに。

腫れぼったくジンジンとする唇を、彼の指がなぞった。

「どうしてだろうな、梢の唇はすごく甘い」

そんなこと尋ねられても、答えられるはずない。

「し、知らない」

「そうか、ならもっとキスして答えを一緒に探そう」

片方の口角だけをわずかに上げて笑った彼の表情は、意地悪だった。けれどその顔に体が反応してしまう。

宣言通り、キスが再開される。それと同時に彼の大きな手がカットソーの中に入り、私の素肌に触れた。

「あっ……」

温かい手が私の体をそっと撫でる。そこで私は服の上から彼の手を止めた。

「自分で……脱ぎます」

「わかった」

私は体を起こすと、カットソーの裾《すそ》に手をかけた。そこから一気にと、思ったのだがその手が止まる。

視線が……見られているってこんなに恥ずかしいの？

これから生まれたままの姿を晒す相手だ。そのために服を脱ぐ。覚悟を決めたはずなのに、ずっと見られていると羞恥心が煽られる。

とっさに彼に背を向けて、脱ぎ始めた。

「今から全部見るのに、恥ずかしいの？」

どうやら彼には私の気持ちはお見通しみたいだ。私がうなずくと背後から小さく笑った声が聞こえた。

カットソーを脱いだ後、スカートのサイドのファスナーを下ろす。足を抜いてふたつをそろえて置いた。

次いで下着に手をかけた瞬間、背後から遼一さんに抱きしめられた。

「いいかげん、待てない。ここからは俺にさせて」

耳に唇が付きそうなほど近くで懇願《こんがん》された。私の返事を待たずに彼はブラジャーの肩紐をそっと外した。

「んっ」

それと同時に耳朶《じだ》に舌を這《は》わされて体が反応する。くすぐったさと一緒に脳内に響く彼のリップ音に体の力が一気に抜け、お腹の奥が熱くなる。

「やぁ、それ」

「気持ちいい？　もっとしようか」

むずかる子供をあやすような口調。彼がこの行為を楽しんでいるのが伝わってくる。耳を弄《もてあそ》ばれそちらに気を取られている隙に、気が付けば彼の腕の中で一糸《いっし》まとわぬ姿になっていた。

彼が肩を抱いて、ゆっくりと私を横たわらせる。恥ずかしさからできる限り腕を使って体を隠した。

遼一さんはそんな私を横目で見ながら、ネクタイの結び目に指をかけて煩わしそうにそれを取り、ベッドの下に投げた。シャツをはだけながら私の上にまたがる。

次々と迷うことなく脱ぎ捨て、その間も私から一切視線を外さなかった。

「さて、準備はできた」

今まで見たことない〝男の顔〟をした遼一さんが、微笑む。色気に満ちた様子に酔ってしまう。

「これからが、夫婦の時間だ」

宣言するかのように言われて、私は緊張のせいで体をこわばらせた。

すると彼が体重をかけないように私の耳の横あたりに手をついて、体を密着させた。

「大丈夫。すぐに俺のこと以外考えられなくなる」

そう言って、私の耳たぶに軽く歯を立てた。

新しい刺激にビクッと体を震わせる。

「小さくてかわいい耳だね。たくさんいじめたくなるな」

優しくて甘い声色。しかし、言っていることは穏やかじゃない。その言葉通り彼は私の耳に舌を這わせている。

「ん、はぁ」

声が漏れそうになるのを必死になって我慢する。しかしそれを面白がるかのように、耳だけでなく、首筋や、肩口に次々と口づけた。

そして彼の大きな手のひらが、優しく体を撫でていく。

彼に触られた場所から、体に熱が回る。いつしか彼の言った通り頭の中は彼のことでいっぱいになった。

余計なことなど考えている暇もなく彼に翻弄され、何度も体を震わせた。

「我慢しないで、声もっと聴かせて」

普段なら抵抗するようなことも、素直に応じてしまう。

「かわいいな。俺の梢」

荒くなった呼吸を整えていると、彼が私の乱れた髪を直すように撫でる。さっきまで荒々しく私を思うがままにしていた手と、同じとは思えないほど優しい。

「そろそろ俺も余裕がなくなってきた」

言葉通りに、彼の視線が今までにないほどの熱を帯びている。

私は手を伸ばし彼の背中をぎゅっと抱きしめた。

余裕がないと言っていたのに彼は私を気遣ってくれる。ゆっくりとひとつになった私たちは、見つめ合った後唇を重ねた。

「大丈夫か？」

私を気遣った彼が様子を窺っている。

私がうなずくと、彼がうれしそうに笑みを浮かべる。それを見ただけで、心の中が幸せで満たされていく。

遼一さんが私のことを欲しがってくれている。

その事実が私にとってどれほどうれしいか、彼はきっとわかっていない。

彼はひとつになった後、私をじっと抱きしめたままだった。

「もう、大丈夫だから。し、してください」

私は恥ずかしさのあまり、彼の肩口に額をつけて表情を見られないようにしながらそう告げた。

まるで自分からねだるようなことを言ってしまった。

「なんだよ、それ。反則だろ」

彼の熱い吐息交じりの声が聞こえた。

その後のことは、よく覚えていない。ただ声を我慢できなくて、体がどうしようもないくらい熱くて、心も体も彼で満たされていた。そのことだけはたしかだった。

「梢、かわいいな」

最後に彼がそう囁いて、私の額にキスを落とした後、安心した私はそのまま眠りについてしまった。


頬に何かが当たって、目が覚めた。

「悪い、起こしたか？」

「えっ、あ。大丈夫……です」

突然目の前に遼一さんの顔があって驚いた。それと同時に昨日の夜のことを思い出して恥ずかしくなる。

「おはようございます」

あまりにも普通な彼。それに比べて私は羞恥心から彼の視線に耐えられずに布団の中に潜り込む。

「どうかしたのか？」

彼が心配して声をかけてきた。誤解させてはいけないと思い正直に話す。

「恥ずかしいだけです」

数秒沈黙があって、その後彼の笑い声が聞こえた。

「それなら安心した。俺、先にシャワー浴びるからゆっくりしておいで」

布団の中に籠城《ろうじょう》していると、彼がベッドから降りた気配がする。

次いでパタンと音を立ててバスルームの扉が閉まった音がした。

ひょっこり頭を出すと、カーテンの隙間から朝日が差し込んでいる。時計を見ると七時半。疲れていた私は、彼の腕の中で一度も目覚めることなく熟睡していたようだ。

まだベッドに彼のぬくもりが残っている。左手を伸ばしてそこに触れると自分の指に輝く指輪があるのが目に入る。

昨日のあれこれを思い出すと、もちろん恥ずかしいのだけれど、それだけじゃなく幸せで胸が躍る。ふわふわした思考で考えるのはもちろん遼一さんのことだ。

私、とうとう彼と。

夫婦なのだし互いに同意の上でしたことなのだから、難しく考える必要はない。ただ順番が他の人と違うだけだ。

夫婦でいる期間が決まっているだけで、それ以外は普通の夫婦と変わらない、はず。こうやって、自分たちのペースでお互いを知っていけばいい。

私はベッドの中で大きく腕を伸ばし、自分の新しい世界にわくわくしていた。

それからシャワーを浴びて、ダイニングテーブルで朝食を摂る。本来はレストランで食べるらしいが、遼一さんがスタッフに頼んだようで、白いクロスのかかったテーブルがあり、その上には美味しそうな料理が並んでいた。

「パン焼きたてだって、食べよう」

「はい。いただきます」

自分で料理をするのも好きだが、人の作ったものを食べるのも好きだ。うきうきしながら席に着くと、彼が私のお皿にパンを乗せてくれた。

並んで座るようにテーブルセッティングされていて、窓の向こうにはわずかに朝もやの残った庭がある。

「冬じゃなければ、テラスで食べたら気持ちよさそうですよね」

「あぁ、また夏にも来よう」

彼がスフレオムレツを口に運びながら言った。

きっと何気ない言葉だったに違いない。けれど夏に自分たちがどうなっているのかを考えてしまって食事の手が止まる。

「梢、どうかした？　苦手なものでもある？」

「ううん、なんでもない」

首を振って笑ってごまかした。今から考えたってどうしようもない。人生なるようにしかならないんだから。

「昨日遼一さんが言っていた通り、朝食美味しいですね」

焼きたてのパンはこのあたりでとれたハーブが練り込まれているし、サクサクのクロワッサンもあった。オムレツはスフレ状になっていて口に含むと、すっと溶けてなくなるほど柔らかい。コンソメでじっくり煮たであろうスープも寒い朝にぴったりだ。デザートは今の時期美味しいイチゴやキウイ、ミカンを綺麗に盛り付けていて朝からたっぷりビタミンが摂れる。

「そうだろう、君なら喜ぶと思った」

遼一さんは昨日の夜とはうってかわって、穏やかな笑みを浮かべている。

そんな彼とは違い私は、『君〝なら〟喜ぶと思った』という言葉が引っかかる。

それって以前誰かを連れてきて、喜ばなかったってことなのかな？

気にするようなことじゃないのはわかっている。だけど……。

「何、急に浮かない顔して。もしかして、ここに誰かを連れてきたって思ってる？」

「なんでそれを？」

全部お見通しで驚いた。なぜ彼には考えていることを読まれてしまうのだろうか。

「いや、そうだったらいいなと思っただけ。だってそれやきもちだろう？」

「そう、なのかもしれません。ごめんなさい、迷惑ですよね」

彼が他の女性を連れてきたかもしれない。それだけで胸がもやっとする。笑顔でごまかして気にしないでほしいと伝えた。

「どうして迷惑になるんだ？　俺は妻からやきもちすら焼いてもらえない男なのか？」

「違います。でも男の人ってこういう束縛みたいなの嫌いでしょう？」

雑誌やインターネットでよく目にする話題だ。

「ん、今度は俺がやきもちを焼きそうだ。これまでの男はそうだったかもしれないけど、俺は梢にどんどん妬《や》いてほしい。それだけ俺のことが好きってことだろう？」

「そういう、ものですか？」

「そうだ、そういうものだ。ちなみにここに連れてきたのは親父だ。数年前に一時帰国したときに唯一した親孝行だ。ここは俺のお気に入りの場所だから本当に大切な人しか連れてこない」

ここが彼にとって大切な場所だということがわかった。それを聞いて私の中にあった小さな醜《みにく》い気持ちがすっとなくなっていく。

どんな形でも彼の特別になっていることは確かだ。

「また連れてきてください」

「あぁ、もちろんだ。また来よう」

彼は私に笑みを向けると、コーヒーを片手に外の庭に視線を移した。穏やかな表情の彼を見ながら、それが叶う日が本当にくればいいと思った。

そのために私には、何ができる？

第五章　君は俺のシンデレラ

彼との楽しい時間を過ごしたことで、私の中で心境の変化があった。少しでも彼の隣にいても恥ずかしくないように努力を始めた。

と、いうのは建前で、本当はもっと彼に女性としての私を見てほしいと思うようになったのだ。

まさか自分がこんな気持ちになるなんて。

しかしひとりで悩んでいても何の解決にもならず、誰かに相談に乗ってもらうことにした。

まずは手っ取り早く、結果がわかりやすい見かけからどうにかしようと思ったのだけれど誰に頼ればいいのか迷う。

最初は勝浦さんがいいと思ったのだけれど、私が遼一さんのために必死になっているのを知られるのは少し恥ずかしいと思いやめた。

そもそも社内の人に、社長である遼一さんのプライベートの話をするのはやっぱり気がひける。

あと頼めるのは、弟の幹くらいしかいない。モデルの彼だから、きっとそっち方面は詳しいはず。いつも地味な私の服を見て、アドバイスするくらいだもの。きっと頼めばお店くらいは紹介してくれるだろう。

そう思って、連絡を入れたのだが。


「梢!」

二日後ちょうど午後オフだという幹が、またもや会社前に現れた。

帽子と伊達《だて》メガネで顔は隠しているが、細身の長身から放つオーラが一般人とは違う。本当に自分と双子なのかと疑いたくなるほどだ。

大きく手を振る幹のところに急ぐ。

「ちょっと、すごく目立っているから静かにして」

「え、そう? 梢が気が付かないといけないと思ったんだけど」

「私が幹に気が付かないわけ、ないじゃない」

人目を気にして、幹の腕を引いて歩く。前回昼休みに少し現れただけで、幹の存在について聞かれたのだ。またもし見つかれば同じように聞かれてしまい、幹の存在がばれてしまうかもしれない。

「梢は気にしすぎだよ」

「用心に越したことはないでしょ。今はＳＮＳとかであることないこと書かれちゃうんだからね」

悪い話ほどすぐに広がっていく。そうなればこれまで幹が血のにじむような努力をしてきたのが無駄になってしまうかもしれない。

「お店教えてくれるだけでもよかったのに」

「いや、だって久しぶりに梢が俺を頼ってくれたんだから、張り切って当然でしょ。いつもひとりで全部しょい込もうとするから。ばあちゃんの手術のことだって、結局梢ひとりで説得してくれたんだろう」

歩きながら久しぶりに、色々と話をする。

「幹は仕事しっかりして、おばあちゃんを喜ばせてるじゃない。それで十分だよ。私がたまたま結婚したから、長生きしたいって思ってくれてるだけで」

「なるほどな、いいタイミングだったんだな。もし今年中に手術する決心がつかなかったら、俺が嘘でもついて無理やりにでも受けさせてたよ」

幹の言葉にギクッとする。ごまかすように笑顔で話を続ける。

「無理やりって、いったいどういう手段をとるつもりだったの？」

「ん、具体的には考えていないけど。でもばあちゃん嘘やごまかし嫌いだもんな。俺ガキのころどれだけ怒られたか、あの話覚えてる？」

幹の言う通り祖母は嘘が嫌いだ。普段は優しい祖母だったが、小さなころから嘘をついたときは厳しくしかられていた。

もし、私と遼一さんの結婚が契約結婚だと知ったら？

ドクンと胸に嫌な痛みが走った。

「梢、どうしたんだよ。いきなり立ち止まって」

「え、なんでもない」

自分の想像した嫌な出来事に衝撃を受けてしまった。

大丈夫、遼一さんがちゃんと協力してくれるもの。

私は数歩先を行く幹の元に駆け寄った。


その日の夜は遼一さんの帰りが遅いので、久しぶりに幹と食事をしてから帰った。

両手に紙袋を抱えた私を見たコンシェルジュが荷物を運ぶのを手伝ってくれた。

幹は私の好みを押さえた店をセレクトしていた。その中でも今持っている服に合わせやすいものや、普段はあまり着ない華やかなワンピースも一緒に選んでくれた。

クローゼットに片付けながら、明日からのコーディネートを考える。

遼一さん気が付いてくれるかな。

一番気になるのは彼の反応だ。私はドキドキしながら、明日着る服を考えていた。

いつもより少しだけ早起きして着替えた私は、三度鏡の前で自分の洋服をチェックした。

そしていつも通り朝食を用意しながら、彼が起きてくるのを待つ。

あ、来た。

「おはようございます」

こちらから声をかけると、彼はいつもと変わらず少し眠そうに「おはよう」と返事をした。そしてそのままバスルームに向かってしまった。

その後朝食を一緒に摂ったが、今日の予定と世間話をして終わった。まったくいつも通りの朝だ。

ちょっとがっかりしたけれど、まぁ……そんなものかな。女性の服装に興味のない男性も多いだろうし。

自分の中であれこれしたつもりだけど、人からみたらそう変わり映えしなかったのかもしれない。

髪切ったのも、男の人は気が付かないことが多いっていうものね。勝手にがんばって期待したのが悪かったのよ。相手の感情はこちらではコントロールできないんだから。

でもせっかく幹がつき合ってくれたんだから、女磨きの一環としてこれからも少しは身なりに気を付けよう。

少し残念に思いながら、自分にそう言い聞かせた。

しかしこの私の努力が数週間後、思わぬ事態を巻き起こした。

＊　＊　＊

ここ最近、梢の様子がおかしい。はっきりとどこがと言えないのだけれど、いつもと違う気がする。

最初に気が付いたのは、服装が華やかになったこと。そうは言っても決して派手なわけではなく、少し明るめの色使いをするようになった程度だ。

一緒に暮らし始めて一度も着ていなかったワンピースを身に着けていたときに、何か心境の変化があったのだろうかと思った。

しかしあらためて聞くのもどうなのかと考えているうちに、松茂から一枚の紙を見せられた。

最初は何かの取材の原稿のチェックだと思っていたのだが、内容を見て目を見開く。

それは週刊誌に掲載される前のゲラだった。

「これは？」

「週刊誌の記者から入手したものです」

その内容を確認すると、梢が人気俳優とショッピングや食事を楽しんだという記事だった。写真は数枚に及び、彼女が俳優の手を引いていたり、顔を寄せ合って話し込んでいる姿も載っていた。

目に線が入っているが、間違いなく梢だ。俺が彼女を間違えるはずはない。

「それで、対応は？」

「インディゴストラテジーの社長夫人という肩書きが出ていましたので、差し止めいたしました。記事の掲載はありません」

松茂は表情を変えずに報告する。

「悪かったな。プライベートなことで」

渡された用紙をデスクの上に投げる。

「社名が出ておりましたので、わたくしの仕事です」

必要のない仕事だとは思わず、報告の際にはすでに解決済み。本当にできた秘書だ。

「心配かけたな」

「いえ。では失礼します」

部屋を出ていこうとした松茂が足を止めて、こちらに振り向いた。

「まだ何かあるのか？」

珍しく歯切れの悪い様子に問いかけた。

すると言いづらそうに、しかししっかりと口にした。

「わたくしが口にするのも失礼ですが、那賀川さんは……いえ、奥様は社長のことを大切に思っていらっしゃいます」

「そんなことはわかっている」

感情がうまく抑えられずに、口調がきつくなった。慌てて詫びを入れる。

「いや、気遣いありがとう」

「わたくしこそ、差し出がましいことでした」

再度頭を下げた松茂が今度こそ、部屋を出て行った。

ひとりになった部屋で、もう一度記事を手にする。

その中の梢は、自然な笑みを浮かべて楽しそうにしている。

俺の前で、こんな顔を見せたのは数える程度だ。それなのに、この男の前ではこんなにも笑っているのか。

胸の中に渦巻くのは間違いなく嫉妬心《しっとしん》だ。今まで女性に対してこんな思いを抱いたことなどない。こういうことがあったとしても、相手への思いが冷めるだけだった。

しかし今回は違う。冷静になろうと思うが、考えるたびに負の感情が湧き上がってくる。

俺と結婚する前からのつき合いでなんらかの事情があって結婚できない？　それとも片思いだったのがうまくいったとか？

考えても仕方のないことがどんどん頭の中に浮かんできた。

梢が俺を大切に思っているのは、わかっている。だからこそ俺を受け入れて夫婦として共に歩んでいる。

しかしそれは、彼女の「結婚してほしい」という願いを受け入れた恩があってのこと。それだけで今のような関係が築けるのだろうか。

最初は互いに利益あっての、契約結婚だった。しかし最近ではそれを忘れるくらい仲が深まったと思っているのは俺だけなのか。

もしかして俺が強引に迫ったから流されただけで、言いだそうにも言いだせないとか？

ダメだ、とりあえず今日ちゃんと彼女と話をしよう。

そして話をした結果、彼女の出した答えに自分がどう答えるのか想像もできなかった。

＊　＊　＊

夕食の用意をしていたら、玄関が開く音が聞こえた。遼一さんが帰ってきたらしいがいつもよりもずいぶん早い。

私はコンロのスイッチを切って、彼を迎えるために玄関に向かう。

「おかえりなさい、早かったんですね」

「あぁ」

短く返事をした彼は、それ以上何も言わずにリビングに向かう。いつもなら今日の献立を聞いたり何かしら話をしながら歩くのに、今日は無言のままだ。

どうかしたのだろうかと不思議に思い後を追う。

以前彼が体調不良になったときに、時々そういうことがあると言っていた。

「遼一さん、もしかして体調が悪いんですか？」

心配して尋ねたが、それでも彼は何も言わずにリビングのソファに座った。

明らかに様子がおかしいのはわかったが、その理由がわからずにただ彼の近くに立つことしかできない。

「梢、話がある。ここに座って」

彼は自分の隣に座るように言った。

私は素直にそれに従いつつも、彼の様子を窺う。いつもとは違い感情の読み取れない表情に私は緊張した。

何か良くない話だろうということだけは想像でき、私は顔をこわばらせる。

私が座ったのを確認した彼が、持っていたビジネスバッグから一枚の紙を取り出し私に渡す。

「それを見て」

言われるままに紙を開いた私は思わず息をのんだ。そこには幹が私を迎えに来たところから、買い物して食事をするまでの一部始終が書かれていた。

「な、なんですか、これ」

「来週発売予定だった週刊誌の記事だ。今はもう差し止めてある」

見出しはこうだ。

【インディゴストラテジー社長夫人、新婚早々の火遊び】

【人気俳優熱愛発覚!?】

なんてことが書いてあった。

「これはどういうことだ？」

遼一さんの声が、今まで聞いたことのないほど冷たい。私はその圧に押されて、頭の中が混乱してすぐに言葉が出ない。

「だんまりか」

そういうつもりはないのだと、顔を上げて彼の顔を見る。しかし私を信用していないという冷たい視線に心が痛む。

「最近君が服装などに気を遣いだしたのは、この男のせいか？」

「気が付いていたんですか？」

彼が何も言わないので、私の服装なんて興味がないのだと思っていたのに。まさかそれがこんな誤解を生む原因になるなんて。

「君の心の中に誰がいようと、俺にはそれをとがめる権利はない。ただ今は契約期間中だ。軽率な行動は慎むべきだろう」

淡々と話す彼の言葉が、胸に突き刺さる。彼は私を不貞行為をはたらいたと責めているのだ。私がそういうことをする人間だと思っているということだ。

そのことが何よりもショックで、唇が震えてますます言葉に詰まる。

「あ、……わたし……」

なんとか話をしようとするけれど、彼にそれを遮られた。

「仮にも今は、俺の妻だ。今回みたいに会社の名前が出ると影響を及ぼすことくらい君もわかって――梢？」

遼一さんはハッとした様子で私を見て、目を見開いた。

驚くのも無理はない、私は声を押し殺して泣いていた。しかも奥歯を噛み締めて、彼から視線を外すことなく。

私はわなわなと震える唇で、やっと言葉を発する。

「わ、私の話を、ちゃんと聞いてくださいっ！」

大きな声を出した。そうしなければ、ちゃんと自分の気持ちが彼に伝わらないと思った。

彼は突然の私の行動に本当に驚いたようで、すぐに態度を和らげ頭を下げる。

「悪い、君の話も聞かずに一方的に言いすぎた」

しゃくりあげる私は、彼の謝罪をうなずくことで受け入れた。

「ごめん、本当にごめん」

遼一さんの手が伸びてきて、私を抱きしめた。

その胸の温かさがこれまでと変わらないことにほっとして、泣き止むどころか、ボロボロと涙をあふれさせる。

彼もそんな私に無理に話をさせようとはせず、抱きしめたまま優しく背中を撫でてくれた。

そしてそれまでの威圧的《いあってき》な声とは違い、しかしいつもの優しい声とも違う、わずかに緊張した声色で彼が気持ちを吐露《とろ》した。

「梢、俺はどうやら君のことがものすごく好きらしい」

彼のいきなりの告白に、私は息をのむ。

「あんな言い方をしてしまったのは、完全に俺の嫉妬なんだ。君が他のやつと一緒にいるのも、俺といるときより楽しそうにしているのも、嫌だったんだ」

彼の言葉を聞いて、流れていた涙が驚きで止まった。

それって、私をひとりの女性として見ているって言っているんだよね？

いったい彼がどんな顔をしているのかと、私は顔を上げて彼を見た。

後悔をにじませて唇をきゅっと引き結んでいる彼の表情から、心からの反省が伝わってくる。

このころになってやっと落ち着いた私は口を開いた。

「私が遼一さん以外の誰かのために、おしゃれをするなんてことありません」

「俺の、ため？」

驚いたような顔をしたが、私からすればなぜそこで驚くのだと思う。

私の好きな人は遼一さんただひとりなのだから、当たり前だろう。

「好きな人に、かわいいと言ってもらいたいと思うのはわがままですか？」

彼が素直に胸の内を伝えてくれたのと同様に、自分も彼に対する気持ちをきちんと伝えた。

「私が好きなのは遼一さんです」

「あぁ、梢っ」

私の話を聞いていた彼が、強い力で私を抱きしめた。

「俺も君が好きだ。それなのに居心地のいい関係に甘えて、今日まで君に気持ちをちゃんと伝えていなかった、すまない」

その手の強さに、温かさに、私は胸をときめかせる。愛しさがこぼれだすように自分の気持ちを伝えた。

「遼一さんが私をどう思っているのかわからないから、自分に自信を持てずに言えませんでした。迷惑に思われたらどうしようって……」

「いや、そこは俺がリードするべきだったな。だからこれからは、遠慮せずに好きだって伝えていく」

彼は私の頭を優しく撫でる。その手がとても気持ちいい。

「まっすぐで綺麗な髪も」

「小さくてかわいい耳も」

そしてその手で耳をくすぐる。

「恥ずかしいと赤くなる頬も」

最後に頬に手を添えた。そして私を上向かせる。

「どれも愛しくてたまらないよ」

彼の唇が私の唇と重なった。本当の互いの思いを口にした後の初めてのキスはいつもよりもずっと甘い気がした。

「で、君は俺を好きだっていうのはわかったけど、じゃああのデートの相手の正体は誰なんだ？」

キスに酔っていた私に、彼は思い出したかのように顔を覗き込み質問する。

ここまできて黙っておくと、こじれてしまいそうな気がする。

「実はあれ、弟なんです」

ちらっと彼の様子を窺うと、納得したようにうなずいた。

「弟？　え、あぁ、そうか。君に弟がいたのをすっかり忘れていた。いや君が絡まなければ、きっと弟さんの存在を思い出したはず。俺はどうやら、君のことになると冷静でいられなくなるようだ」

はぁと大きなため息をついている彼は、少し照れたように右手で目元を覆《おお》っている。

「私がちゃんと話をしておけば、誤解を生まなかったはずなので。本当は謝らなければいけないのは私です。ごめんなさい」

私は顔を上げた後、幹について遼一さんに説明をした。

「俳優か……だからプライベートについてはあまり知られたくなかったのか？」

「はい。幹は家族について一切公表していないので。遼一さんも記者には追われる立場なのでなんらかの情報が洩れたら、お互いに困るだろうと思ったんです。黙っていてすみませんでした」

「いや、事情が事情だから。それに君を守るためでもあるんだろうな」

遼一さんはこちらの事情を納得してくれたようでほっとした。

「幹には遼一さんに話したことを伝えておきます。もし都合が合えば一度会ってください」

「もちろんだ。君の大事なお姉さんは俺がもらったって宣言するさ」

とんでもないことを言いだす。幹が面白がる姿が簡単に想像できた。

「それはちょっと恥ずかしいのでやめてください」

お互い顔を見つめ合って笑う。

「あ、それと。洋服今のもかわいいけど。今度から洋服選びは俺を誘って。一緒に買いに行こう」

「いいんですか?」

「もちろんだ。君を飾るのは俺の特権だから」

優しく髪を撫でる彼の手が心地良い。

私やっぱりこの人が好き。彼に触れられていると、あったかくて幸せな気持ちになる。

「じゃあ、夫婦喧嘩は終わり。今からは仲直りの時間だ」

言い終わるや否や、彼が私を抱き上げた。

「きゃあ、どこに行くんですか？」

いきなりで私は落ちないように、彼の首にしっかりと自分の腕を回した。

「夫婦喧嘩の仲直りは、寝室でするって相場が決まってるんだ。知らなかったのか？」

「本当ですか？」

「どうだろうな、実際にやってみよう」

彼がうれしそうに笑うので、私も深く追求することはやめた。彼と一緒にいられるのならばそれでいい。

幸せな時間を予感した私は、彼に回す手に力を込めた。


そして夫婦で新年を迎え少し経ったころ、祖母の手術が二月の頭に決まったと病院から連絡を受けた。

どうしても自分の口から報告したくて、忙しい彼に頼み昼休みにわずかに時間をとってもらった。

「ごめん、すぐに出なきゃいけないんだけど」

忙しそうに手元の資料を確認しながら、私と会話をする彼。わずかの隙間時間さえも無駄にできないほど忙しいのがわかる。

「はい、構いません。少しの時間で結構なので」

「あぁ、俺の顔が見たくなったわけね？」

顔を上げて私の方を見て、ニヤッと笑う。

「何を言ってるんですか⁉」

社長と社員モードから、いきなり夫と妻モードになった私は焦って、ドキドキしてしまう。

「本当にうちの妻は、いつまでも初々しいな」

「からかわないでください。時間がないみたいなので、手短に話しますが。祖母の手術の日が決まりました」

「そうか、よかったな」

私の報告に満面の笑みを浮かべた彼。きっと心から祖母の手術の日程が決まったことを喜んでくれているに違いない。

一緒に祖母の心配をしてくれる人ができて本当に心強い。

ただ最初の条件なら、私たちの結婚を終えるタイミングを迎えることにもなる。

お互いの気持ちは確認し合っているので彼の気持ちを疑うわけではない。

けれどお互いに好きだと認識し合ったあと、あの契約について話をしていないので

どうなったのか気になる。

時間がない彼の前にもかかわらず、思わず考えこんでしまった。

「なぁ、梢」

「はい」

慌てて顔を上げると、真剣な表情の彼と目が合う。

「いい機会だから話をするけど。これ、破棄《はき》しないか？」

彼がデスクの引き出しから取り出したのは、私たちの結婚の際に作成した契約書だ。

今考えていたタイミングで、彼の方から申し出てくれてほっとする。

「互いの目的は達成された。本来ならこの結婚の役割は終わるわけだけれど、俺はそうしたくないと思っている」

「遼一さん。私もそれが気がかりだったんです」

彼を好きだと気が付いてからずっと悩んでいたことだ。契約でなく、普通の夫婦になりたいと。彼も同じ気持ちだとわかって、うれしくて仕方ない。

「じゃあ、この契約書は俺たちには、もう必要ないな」

「はい、もちろんです」

私がうなずくと、椅子から立ち上がった彼が私の隣まできた。

「やっと君を正々堂々〝俺の愛する妻〟だと言える」

彼の顔が近づいてきて、私はそっと目を閉じた。少し触れるだけではとどまらず、彼は角度を変えて求めてくる。私もうっかりそれに応えそうになったのだけれど……。

彼の胸に手を当てて、そっと押す。

「社長、まだ仕事中ですよ」

下から彼を見上げると、なぜだかとてもうれしそうな顔をしていた。

「なんだか、もっと悪いことをしたくなった」

互いに笑い合って、少し距離をとった。これから外出の予定の彼をあまり長く引き留めるわけにはいかない。

「もう少し一緒にいたいけど、時間だ」

彼と扉に向かう。少し名残惜しいと思いながら後ろを歩いていると、扉の前で彼が振り返って、もう一度私にキスをした。

驚いたけれどうれしくて、顔がにやけてしまう。

「そんな顔で外に出ると、何していたか丸わかりだな」

笑う彼の後ろで、できるだけ真面目な顔をして、私は廊下に出たのだった。


何もかもうまくいっていて怖いくらいだと思っていた矢先。

私は遼一さんの第二秘書である小松島さんに、会社から一駅離れたところにあるカフェに呼び出された。

わざわざ外に呼び出すということは、職場では話せない大切な話があるのだろう。

私は以前の彼女の態度から正直気乗りしなかった。だが遼一さんに関係のある話だと思うと断れない。ある程度覚悟して待ち合わせ場所に向かった。

時間よりも十分早くカフェに入ると、彼女はすでに中で待っていた。

テーブルに向かい、水の入ったグラスを持ってきたスタッフにコーヒーを頼む。

「お待たせしてすみません」

「いえ。まだ約束の時間ではないですから。気にしないでください」

あらためてきちんとした女性だと認識する。頭の先からつま先まで、気を抜いた箇所などなくどこを見ても美しい。コーヒーを飲んでいるだけなのに、動きがしなやかで品がある。社長秘書にふさわしい人だ。

ただ私に対する態度は、丁寧だけれど冷たい。この後の話の内容もきっと私にとってはいい話ではないのだろう。

私の前に注文していたコーヒーが運ばれてくると、彼女は早速話を切り出した。

「先日テイラー氏とはかなり親しいご様子でしたけど、事業提携の話はどこまでご存じなのかしら？」

もっとプライベートな話だと思っていたのに、いきなり仕事の話なので驚いた。

「私は個人的にダニエル氏と知り合いだというだけで、今業務提携の話がどこまで進んでいるのかなどは一切存じ上げません」

パーティに出席するために、ダニエル氏の会社の情報など基本的な内容は頭に入れた。

しかしどういった条件で、どのタイミングでなどという具体的な話は聞いていない。こういった水面下での交渉を進める案件については、詳細を知る人間が限られている方がいいと思い、詳しくは聞かなかった。

私の務めはあくまで、遼一さんの妻としてパーティに参加することだったからだ。

「そう、では今また取引が頓挫《とんざ》しているのはご存じないのね」

彼女の話を聞いて驚いた。彼からは話を聞いていなかったので、順調にいっているものだと思っていた。

「はい」

私がうなずくと、彼女は冷たい視線をこちらに向けた。

「所詮《しょせん》は、ダニエル氏の機嫌を取るだけでしかないお飾りなのよ、あなたは。大切なときには何の役にも立たない」

「そんなっ！」

抗議しようにも彼女の言っていることは、間違っていない。難しい仕事の内容になると私が口を出すレベルではない。

悔しくても言い返せずに、膝の上でこぶしを握る。

「事実だから何も言えないわよね。社長は仕事は天才的にできるけれど、まだ若いから人脈がないのがネック。それを解消するには、ある程度以上の人物とのつき合いが大切なのに、あなたのような〝もたざるもの〟と結婚するから苦労するのよ」

たしかに私には彼の仕事に役立つような人脈などない。

「それはそうかもしれません。ですから私は彼のためにできることならなんでもします」

彼のためなら自分を犠牲にしても構わない。私はそれくらい彼を大切に思っている。

私は彼女の目を見て強い気持ちを伝えた。

「そうですか。那賀川さんの決意が聞けてよかった」

彼女が急ににっこりと笑ったので、拍子抜けしてしまった。

もっときつい言葉で責められると思っていたのに……。

その彼女はバッグから一枚の封筒を取り出す。

「では、こちら。よろしくお願いしますね」

テーブルの上に置いた封筒を、すーっと私の方へ差し出した。

私はそれを手に取って、中身を見て驚く。

「え、離婚届？」

いったいこれはどういうことなのだろうかと、彼女を見る。笑みを浮かべているが目の奥が笑っていない。

「あなたは先ほど『彼のためにできることならなんでもする』と私にそう宣言したわ」

「もちろんそのつもりです。でも離婚が彼のためになるというのは納得できません」

本当に意味がわからずに彼女に尋ねた。

ついこの間、やっと本当の夫婦になれた。それは私の独りよがりではなく彼も望んでのことだったのに。

「あら、まだわからないのかしら。彼の失敗はあなたと結婚したことよ。もっと人脈や資産のある人間と姻戚《いんせき》関係を結ぶべきだったの。私みたいな」

「そんな、こと……」

小松島さんの行動から、うすうす彼女の遼一さんへの気持ちは気が付いていた。しかしそれは私が首を突っ込む話ではない。

答えを出すのは、私ではなく彼女だからだ。

私と遼一さんが夫婦としてうまくやっていれば、彼女も諦めがつくかもしれないと心のどこかで期待していた。

「もし、私と遼一さんの離婚が成立したら、小松島さんは彼と結婚するつもりですか？」

彼がすぐにそれを受け入れるとは思えない。

「それは、あなたには関係ないことだわ。私なら彼の守ってきた会社もこれからの夢も一緒に大きくしていくことができる。実家の後ろ盾や、仕事でのサポート。どちらもあなたには無理でしょう？」

私は悲しみに涙しそうになるのを、ぐっと奥歯を噛み締めて耐えた。

聞けば彼女の実家は相当の資産家であるようだ。かつ、社長の第二秘書である彼女自身も仕事ができる。おそらく彼女が言うことも間違っていない。

たしかに今の私では彼女のできることがひとつもできない。彼女の持っているものを使えば、今彼を悩ますダニエル氏との仕事も順調に進むのかもしれない。

でもそれは彼が本当に望んでいることなの？

「あなたは知らないでしょうけれど、ダニエル氏の会社との業務提携はずいぶん前から彼が望んできたことなの。それができれば今の会社をもっと大きくできる。あなたは彼の夢を叶えたくないの？」

「そんなことはありません。でも……」

「言い訳ばかりね。まぁいいわ。少しくらい時間が必要でしょうし」

彼にとって一番いい方法を考えたい。しかし今ここで言い合っている場合ではない。

私は今は黙ったままでいることにした。

私の答えを伝えるにしても納得させる必要がある。今すぐに彼女をうなずかせることが私にはできないと思ったのだ。

「ただし、あまり待つのは得意じゃないの。あなたが早く決断することを祈ってるわ」

彼女が伝票を持って立ち上がり、気が付いたときには支払いを済ませて店を出ていた。

私はその間、渡された離婚届をじっと眺め、その紙の持つ意味の重さに苦しくなっていた。

私が妻であることで、彼の夢が遠のく？

普通の人ならば、仕事と結婚は別だと考えるだろう。しかし彼のような立場ならば結婚も仕事の内と考えてもおかしくはない。

難しい仕事をする上で、人脈があることは有利に働く。だからこそ彼も多くのパーティや親睦会に顔を出し、情報交換にいそしんでいる。

でも彼が、それを望むだろうか？

たしかに私との契約結婚は、仕事のためだった。だから彼が結婚も仕事の一部だと思っていたのは確かだ。

しかしそれは以前の話だ。今は彼は私を本当の妻だと思ってくれている。

でも、もし気が変わったら？　私じゃなく別の人との結婚を望んだら？

そう思うと、彼に相談するのさえ怖い。

いったいどうするのが一番正しい道なのか。答えの出ないまま私はカフェを後にした。

それから数日。

私はまだ結論を出せずに、もやもやする日々を過ごしていた。何が彼にとって一番大切なのか、彼に聞けばいいのだろうけれど、もし彼が小松島さんを取ると言ったら、私は素直に離婚を受け入れられるのだろうか。

考えても答えが出ないのに、考えるのをやめられない。無限ループの中を彷徨《さまよ》っていた。

何かしている方が気持ちが楽なので、家事が恐ろしく捗《はかど》る。今もメモをとりながら、唐揚《からあ》げを作っていた。

「一口大に切った鶏もも肉に、砂糖、醤油、すりおろした生姜《しょうが》にニンニク……それからこれをよく揉《も》みこんで」

もし、彼と別れる結末を迎えるのであれば、あと何回彼に料理を作れるのだろうか。

ふとそんなことが頭に浮かんで、手が止まる。

「梢、どうかしたのか?」

「あ、遼一さん。おかえりなさい」

ぼーっとしていて彼が帰ってきたのに気が付かなかったようだ。いつもなら玄関で出迎えるのに彼が変に思っただろう。

「ううん、なんでもない。ちょっとぼーっとしてただけ」

苦笑いでごまかそうとするが、彼は私を気遣うような表情で見ている。

「ここ最近、何か悩んでいるのか？」

「ううん、別に。おばあちゃんの手術があるからちょっとナイーブになっているのかも」

彼が私の肩をいたわるように抱き寄せた。それに甘えて彼によりかかる。

「梅さんの執刀《しっとう》は経験豊富で腕の確かな医師が担当するんだから心配するな」

「うん」

「色々考えるより、きっと顔を見せた方が喜ぶぞ。来週の日曜午後から見舞いに行くか？」

「時間大丈夫なの？」

一緒に行ってくれるのはうれしいし、祖母も喜ぶ。しかし小松島さんからダニエル氏との事業提携がうまくいっていないと聞いているので、忙しいなら無理をしてほしくない。

「俺が一番大切にするのは、梢と過ごす時間だ。優先順位は俺が決める」

彼はそう言ってくれるけれど、私が足を引っ張っているのではないかと思うと素直に喜べない。

こういうときに小さなころから身についている自信のなさが出てしまう。自分が優先されることに慣れていないのだ。

がんばって笑みを浮かべる。

「うん、ありがとう。おばあちゃんきっと喜ぶよ」

私の頭を撫でた彼が、ふと手元を覗いてきた。

「これ、レシピ？」

「うん、遼一さんが美味しいって言ったものをまとめてるの。ほら、私がいなくなってもレシピがあれば同じ味の料理が食べられるかなって」

彼は祖母や私の料理を懐かしんで美味しいと言っている。だから半年後に契約を解除した後のことを考えて、当初からメモを書いていたのだ。

しかし私の言葉に彼が、わずかに眉間に皺を寄せた。

「じゃあ、これは今はもう必要ないよな」

私も彼が不機嫌になった理由がすぐにわかった。

先日私たちの契約はナシにして、本当の夫婦として過ごすと互いの気持ちを伝え合ったはずだ。

それなのに別れる準備をしているようなこのメモは、彼にとって気分のいいものではないだろう。

「うん、そうだね。なんとなくクセで続けていただけだし、もういらない」

彼は私とのこの先ずっと続く将来のことについて考えているのに。私はずっと後ろ向きな考えばかりしていて情けない。

明日、小松島さんにちゃんと「離婚はしません」って言おう。きっと彼と話し合ったとしても同じ結論が出るはず。私は彼を信じたい。

「遼一さん、私――」

「あれ、梢のスマホ鳴ってないか？」

彼に小松島さんとの話をしておこうと思った矢先、カウンターの上に置いてあった私のスマートフォンに着信があった。

急いで手に取ると、公衆電話からだ。これは祖母だろう。

「もしもし、おばあちゃん？」

『あぁ、梢かい。ご飯は食べたのかい？』

「うん、今作っているところだよ」

『そうかい……』

用事があってかけてきているはずなのに、ものすごく歯切れが悪い。いつもの祖母と様子が違い心配になる。

「おばあちゃん、どうかしたの？　何か困ったことでもあった？」

私が問いかけると、言いづらそうに言葉を続ける。

『梢……藍住君のことだけど』

「遼一さんがどうかしたの？」

電話の内容がわからない彼も、私の隣で心配そうにこちらを見ている。

『いや、今日訪ねてきた人が……その、梢と藍住君の結婚は契約結婚だって。私を手術させるために、嘘をついてるって言うんだ』

「っ……う」

私は驚きすぎて、息をのんだまま言葉を発せない。

『私はそんなはずない。ふたりは好き合っているって話をしたんだが、契約書を見せてきたんだ。そこにふたりの名前が……あって、嘘、だろ……嘘はダメだよ、梢』

祖母の声が途中で途切れ始め、呼吸が苦しそうになる。

「おばあちゃん、大丈夫なの？」

祖母は私の問いかけには答えずに、同じ言葉を繰り返している。明らかに様子がおかしい。

『嘘は……ダメだ、よ。うっ……はぁ、はぁ』

「おばあちゃんっ！」

焦って祖母に呼びかけるが、苦しそうな声しか聞こえない。

すると隣にいた遼一さんが私の手からスマートフォンを取り、祖母に話しかけた。

「梅さん、聞こえていますか。返事できますか」

いつも冷静な彼が、珍しく早口だ。

「梢、梅さんの様子がおかしい。すぐに病院に行こう。あ、電話は切らないで。このままで。それから俺のスマホから、病院に連絡して」

祖母の状態と、会話の内容とに動転して冷静に考えられない私の代わりに、彼が動いてくれた。

私は彼の指示通りに病院に電話をすると、職員さんがすぐに祖母を探しに行ってくれた。そのころ私の電話はすでに切れていて祖母の様子がわからない。

彼の運転する車の助手席に乗って、ただスマートフォンを手に握り、祈るしかない。

「おばあちゃん……」

怖くてカタカタ震える私の膝を、彼がなだめるように優しくポンポンとした。

「大丈夫だ、そんな顔するな」

「うん」

「もし話せるようなら、電話の内容を教えて」

自分の中では抱えきれずに、彼に告げた。

「おばあちゃんに、契約結婚の話がばれたみたいです」

「何だって？」

さすがの遼一さんも驚いた声をあげた。

ふたりしか知らないはずの話。どちらも祖母に教えるなんてことはない。

「誰かが訪ねてきて、契約書の話までしたらしいんです」

彼は黙ったまま、何か深く考えているようだ。

「あの契約書はふたりで合意したその日、打ち合わせから帰ってきた後俺自身の手でシュレッダーにかけた。だから今現物はこの世に存在しないはずなんだ」

「だったらいつ……」

祖母にだけは絶対知られたらいけなかったのに。嘘が嫌いな祖母が知れば動揺すると同時に失望しただろう。

「どうしよう、おばあちゃん。私があんな嘘をついたから」

我慢ができなくて、スマートフォンを握る手の上に涙が零れ落ちた。慌てて手で拭《ぬぐ》うけれど、不安でどうしようもない。

「梢、とにかく今は梅さんの無事だけ祈ろう。難しいことは後で全部俺が引き受けるから」

「遼一さん……おばあちゃん、大丈夫だよね？」

不安でたまらずに、彼に同意を求める。

「あぁ、もちろん。ひ孫の顔を見るって張り切ってたんだ。絶対大丈夫」

私は彼に励まされながら、痛む胸を抱えて祖母の病院までの道のりを耐えた。

病院に着き、急いで病室に向かう。

静かに中に入ると、祖母はすでに眠っていた。その場にいた看護師さんに話を聞くと、公衆電話の前で軽い発作を起こしたようだが、すぐに処置をして問題ない。今は様子を見ているとのこと。しかし明日以降の医師の診断によっては、手術の延期も考えなくてはいけないと言われた。

遼一さんが手術まではゆっくりできるようにと、祖母を個室に移してくれていたので少しの間祖母の傍についていることを、看護師さんが許可してくれた。

点滴の針の刺さった手を見て、涙があふれてくる。

「おばあちゃん。私のせいでごめんね」

祖母の手を取ると、涙がぽろぽろとあふれてきた。

こんなつもりじゃなかったのに、ただ長生きしてほしかっただけなのに。

「嘘ついてごめんなさい」

子供のように泣きじゃくる私の肩を、遼一さんが抱きしめた。

「梢は、梅さんに元気になってほしかっただけだろう。何も悪いことじゃない。世の中には必要な嘘もある」

たしかに私も理解している。けれど頭ではわかっていても、どうしても自分が許せないでいた。

「それに最初に言ったはずだ。君は俺に利用されて仕方なく嘘を受け入れたんだから、罪の意識なんて持たなくていい。悪いのは俺だって」

「それは、違います」

即座に否定した。婚約を迫る彼に婚約ではなく結婚を持ち掛けたのは私だ。

「違わないよ。梢がそんなに悲しむなら、君の罪は全部俺が背負う。だからもう泣かないでくれ」

彼が私をきつく抱きしめる。彼の胸に抱かれるとどうしてこんなに安心するのだろうか。

「泣き止みたいけど、無理みたいです。私には遼一さんがいてくれると思うと、こんな状況なのにうれしくて。ひとりじゃないんだって」

「そうだ、ひとりじゃない。俺たちは順番は違ったけれど将来を誓った。それは嘘じゃない。俺が君を愛する気持ちに嘘やいつわりは存在しないから」

「私も、遼一さんを愛しています」

ぎゅっと彼の背中に手を回した。目をつむり心を落ち着ける。おばあちゃんが目覚めたらちゃんと話をしよう。きっとわかってくれる。

深呼吸をして顔を上げ、ふと祖母の方へ視線を向けた。

「え、おばあちゃん」

こっそり薄目を開けて私たちを見ている祖母と目が合う。

「あら、ばれちゃった」

ペロッと舌を出す祖母の姿に、体の力が抜けてその場にうずくまりそうになる私を遼一さんが支えた。

「どこも変なところはない？　苦しくない？　看護師さん呼ぼうか？」

「大丈夫だよ。梢」

祖母が私に手を伸ばしてきたので、ぎゅっと握る。表情は穏やかでほっとした。

「おばあちゃん、あのね。私たちは、その」

遼一さんとのことを説明しようと必死になるけれど、焦るばかりでうまく言葉が出てこない。

そんな私を祖母は優しい目で見ていた。

「梢、もういいよ。さっきのふたりの会話、実は全部聞いていたから。わかってる」

「でも、私嘘をついたの。どうしても手術を受けてほしくて」

祖母がずっと嘘はダメだと、私たちきょうだいに口を酸っぱくして言っていたのに。

「それは私がいつまでも意固地《いこじ》に手術を拒否していたからだろ。梢がついたのは優しい嘘だってわかる」

祖母が両手で私の手を包む。

「それにね、〝嘘から出たまこと〟ってことわざ通りに、あなたたちは本当の夫婦になったみたいだしね」

祖母は私を後ろで支えている遼一さんの顔を見た。

「私の願い通り、梢を守ってくれてありがとう。藍住君」

「いいえ、彼女を泣かせた時点で、守り切れていません。申し訳ありません」

彼が祖母に頭を下げる。

「ずいぶん自分に厳しいのね、でも本当に安心したわ。藍住君なら心から信用できるもの」

「ありがとうございます。今日みたいなことは今後ないと誓います」

彼が私を抱く手に力を込めた。

「今回は私が勝手に動揺してしまって、騒ぎが大きくなってごめんなさいね」

「そのことなんですが、梅さんが見た契約書は原本でしたか?」

そうだ。誰が祖母に契約書の存在を知らせたのか気になる。

「たしかに今回のことは俺と梢の契約結婚が発端なので、俺たちが責められるのは重々《じゅうじゅう》承知しています。ただ夫婦の秘密がばれた理由は調べないといけないんです」

第三者のなんらかの意図があったのは明らかだ。それを放っておくわけにはいかない。

「たしかに、そうね。気味が悪いわ」

祖母も顔をゆがめている。そしてベッドサイドにあるチェストを指さした。

「そこの引き出しに写真が入っているわ。持ってきた女性が置いていったの」

私が言われた場所を見ると、たしかにそこには私たちが作成した契約書を写した写真があった。

「誰がいったい、こんなものを」

写真は書類だけが写っていて、他のものが写り込まないように撮られている。

「これは俺の方で調べます。梅さん、梢のことは俺に任せてください」

「頼もしいね。よろしく」

にっこりと笑う祖母は、まだ顔色があまり良くない。長居は禁物《きんもつ》だと思い帰ることにした。

「おばあちゃん、手術受けるよね？」

心配になって念を押すように尋ねた。

「あぁ、もちろんだよ。今頃になって長生きしたいって欲が出てきた。ひ孫の成人まで見届けるつもりだ」

私はほっと胸をなでおろす。

「それを聞いて安心しました。俺たちは未熟なので、傍で見張ってもらわないと困ります」

遼一さんの言葉に、祖母はクスクスと笑った。

「またふたりでいらっしゃい。次は大福を持ってきてね」

「わかった。おばあちゃん」

病室を出て看護師さんにお礼を告げて病院を後にした。

「はぁ、本当にどうなるかと思った」

ほっとした私は、助手席に深く座り安堵《あんど》の声をあげた。詳しい検査をしてみないといけないけれど、祖母が手術に前向きでほっとした。

「遼一さん、本当にありがとうございました」

私は運転席に座った彼に、あらためて頭を下げる。

「梅さんは俺にとっても恩人だから、大事《だいじ》に至らなくて本当によかったな」

彼が祖母のことを心から大切に思ってくれていることが伝わって、胸が震える。

「私、遼一さんと結婚してよかった。何も持たないこんな私をよく見つけてくれたなって」

小松島さんにはっきりと〝もたざるもの〟と言われてしまった。それでも彼は私を選んでくれたのだ。

「俺はこれ以上ないほど、いい子を妻にしたと思っているけどな」

「それは、言いすぎです」

落ち込んでいる私を喜ばせようと、お世辞を言っているのはわかる。

「いや、本気だよ。飯はうまいし、家族思いだし、ちょっとおせっかいなところも好ましい」

彼の優しい声が、私の心に届く。

「それにこの目も、小さい耳も、かわいい唇も、すごく気に入ってる」

言いながら彼の指が、私の顔をゆっくりと撫でた。

「だからもう不安になるな。何かあったら俺を頼れ」

「はい」

「いい子だ」

彼は子供に言うようにそう言葉にした後、大人のキスを私の唇に落として微笑んだ。


それから三日後、私は小松島さんを呼び出した。本当は外で会いたかったのだけれど、彼女の時間が取れずに代わりに秘書課の打ち合わせブースで話をする段取りになった。

以前、ここに彼女に呼び出された記憶がよみがえる。いい思い出ではないので、ひるみそうになるけれど、負けないで自分の気持ちをちゃんと伝えないと。

先に部屋で待っていると、小松島さんは少し遅れてやってきた。彼女が現れて緊張でわずかに体がこわばった。

「忙しいので手短にお願いするわ」

にっこりと笑顔を見せている彼女は、今日はとても機嫌がよさそうだ。

「あの、先日の話なんですけれど」

優雅に首をかしげる彼女。その姿には余裕を感じる。

「私、離婚しません」

「えっ!?」

なんでそんなに驚くんだろう。私が離婚すると思っていたのかな？

「あの、どうかしましたか？」

「なんで、離婚しないの？　あなた大事な家族を傷つけておいて、よくも平気で自分の幸せを願えるわね。私の忠告を無視したから、あなたのせいでみんなが不幸になるのよ」

彼女の言葉が引っかかり、詳細を尋ねる。

「家族って……どうしてその話を知っているんですか？」

彼女がハッとした顔をして、私から視線を逸らせた。

「とにかく、あなたが結婚を継続するつもりでも社長は違うはずよ。だって――」

「だって――その続きは何だ?」

ガチャッと扉が開いて、遼一さんと松茂さんが入ってきた。

私も驚いたが、もっと驚いていたのは小松島さんだった。

「あなたが呼んだの?」

私は首を左右に振って否定する。しかし彼女が私に向ける視線にはむき出しの敵意がこもっていた。

「奥様と少しお話をさせていただいただけですので。失礼します」

小松島さんが遼一さんと松茂さんの隣をすりぬけようとしたが、松茂さんが前に立ちはだかりそれを阻止した。

「どういったお話をされていたのか、わたくしたちの前でおっしゃってください」

落ち着いた声の松茂さんだったが、否と言わせない雰囲気だ。

「仕事以外の話ですから」

「それなら、なおさら梢と君が話す理由がわからないけどな」

遼一さんは近くのテーブルに写真を数枚並べる。

「実は、俺の部屋にあった機密事項が盗まれる事件が発生してね。とても困ったことになったんだ」

小松島さんは何も言わずに、こぶしをぎゅっと握りしめている。

その態度から、私はひとつの予想を立てた。

もしかして、あの書類を盗んだのは彼女だったの？

想像もしていなかった。彼女は社長秘書として彼を支える立場だったはず。彼を裏切るような行為をするとは思えない。

しかし遼一さんは、きちんと証拠をそろえていた。

「これがそのときの廊下の監視カメラの画像。俺が部屋を留守にしている間にここに入ったのは君だけだ」

「どうしてその時間だけだって、言い切れるんですか？」

彼女は反論するが、それも無駄だった。

「その書類が社長室にあったのは、その日のこの時間だけなんだ。その日にこの部屋に持ち込み、打ち合わせの後俺が処分した」

「……っう」

「もし必要なら、病院の監視カメラの映像も取り寄せるがどうする？」

ここまでの証拠で彼女は観念したようだ。

「おっしゃる通り、あの書類を写真に撮り那賀川さんのお祖母様に見せたのは、私です」

「どうしてそんなひどいことを。祖母は関係ないでしょう」

あの日の祖母の苦しそうな声、青白い顔を思い出して思わず声を荒らげた。

「あなたが嘘までついて、社長と結婚するからいけないのよ。私だってずっと好きだったのに、よりにもよってあなたみたいなどこにでもいるような人と結婚するなんて、私のプライドはずたずたよ」

「黙れ」

私が怒るよりも前に、遼一さんが低い声で彼女を止めた。

「妻をそれ以上侮辱《ぶじょく》するなら、一生お前を許さない」

鋭い視線と声だけで、彼女を止めるには十分だった。

「そんな……ひどいっ。私なら、あなたの仕事の力になれたのに」

小松島さんはその場に泣き崩れた。

しかしそんな彼女にも、遼一さんは容赦《ようしゃ》なかった。

「いいかげんにしてくれ。俺は一度も君にそんなことを頼んでいない。それに俺は梢に利用価値があるから結婚したんじゃない。彼女がいいから、彼女じゃないとダメだから彼女と結婚した。俺の妻は梢以外には考えられない、これが結婚の理由だ」

彼の言葉を聞いた小松島さんは、顔に絶望を浮かべて小さく震えている。

「……そんな話、聞きたくなかった」

小さくつぶやいた小松島さんは、床に座り込んだまま動かなくなった。

「松茂悪いが、後は頼む」

「かしこまりました」

茫然とその場を見ていた私は、遼一さんに手を引かれてハッと我に返った。そしてそのまま社長室へと場所を移動した。

バタンと扉が閉まった瞬間、彼がぎゅっと私を抱きしめた。

「りょ、遼一さん？」

「梢、大丈夫か？　何かひどいことされていないか？」

彼が腕を緩めて、私のあちこちに視線を動かしながら無事を確認している。

「大げさです。本当に話をしていただけですから。それに私ああいうの結構慣れているので。ほら、幹がどこにいても目立つタイプだったから、昔から比較されて色々あったんで」

笑って見せて安心させようとしたけれど、彼は眉間に深い皺を刻む。

「そんなことに慣れないでくれ。傷ついてないなんて平気な顔、俺の前ではしなくていい」

その言葉を聞いた瞬間、目頭が熱くなるのを感じた。

そして気が付いたらいつの間にか、ぽたぽたと涙があふれてきていた。私のその涙を彼は優しく拭ってくれる。

「こうやって梢の涙を拭う役目は、生涯誰にも譲らないつもりだ」

「り、遼一さん」

これまでもたくさんの人に支えられて生きてきた。

しかし自分のすべてをさらけ出し受け止めてくれる相手が、今目の前にいることを本当に幸せだと思う。

「私、遼一さんと結婚してよかった、これからは私もっと遼一さんの役に立ちたい」

思わず感極まって、自分から彼の首に手を回す。

すると彼はしっかりと私を抱きしめ返した。

「ありがとう。でも〝これからは〟じゃなくて〝これからも〟が正解だ」

彼に誘導されてソファに座った。私の隣に座った彼が、驚くべきことを口にする。

「実はこの会社が今あるのは、君のおかげなんだ」

私は彼の言っている意味がわからずに、首をかしげた。

そんな私を彼はクスクス笑っている。

「今からする話を聞いても、ひかないでくれよ」

彼がそう言って話し始めたのは、私が高校生のときの話だった。

「仲間に裏切られて、どうしようもないときに前を向けたのは、間違いなく梢のだし巻き卵がきっかけだったし、ダニエルとの商談が動き出すきっかけも、君のあの弁当の中の卵焼きだった」

真剣に話をする彼の言葉が、にわかには信じられなかった。

「そんな、でもそれはただの偶然ですよね？」

私は自分が人にそんな影響を与えられる人間じゃないと思っている。

「偶然でもなんでも、俺が梢に救われたのは事実だ。俺のこじつけだって言われても仕方ない。それでも、俺の人生の転機には必ず梢がいた」

そう思ってもらえることがうれしい。

「私、ちゃんと遼一さんの役に立てているんだね」

「あぁ、立っているなんてもんじゃない。梢は俺の道しるべだ」

彼が私の手をぎゅっと握った。その手の強さと温かさに胸がときめく。

「私小さいころから、なんでもできる幹と比べられることが多くて、周囲をがっかりさせてきたんです。でも今、遼一さんの言葉で救われました」

彼が優しい目で私を見つめている。

「きっと梢が気が付いていないだけで、君に助けられた人間がたくさんいるはずだ。梢は俺にもっと愛されて自信を持つべきだ」

彼の手が私の手を引いた。そして顔が近づいてくる。唇が重なる瞬間に、扉をノックする音が部屋に響いた。

「きゃあ」

驚いて体をビクッとさせた私を、遼一さんはクスクスと笑っている。

「驚きすぎだ。ほら、顔整えて。そんな赤い顔してたら、何していたかばれるから」

「は、はい」

私はコホンと小さな咳ばらいをした後、呼吸を整えた。

「はい、どうぞ」

私が必死になって心を落ち着けている間に、彼が返事をしたので扉が開いた。

「失礼します」

入って来たのは松茂さんだ。厳しい表情をしているのを見て私の中の浮ついた気持ちがすぐに消えた。

「ご報告を」

「あぁ、頼む」

ふたりとも私の前で話し始めたということは、おそらく小松島さんのことだ。

「小松島ですが、処分はいかがいたしましょうか」

「そうだな」

彼が眉間に皺を寄せて難しい顔をしている。

おそらく今回の罪と、これまでの彼女の功績《こうせき》を考えているのだろう。

「情報漏洩《ろうえい》ですので、懲戒解雇《ちょうかいかいこ》が妥当《だとう》かと」

松茂さんの厳しい言葉に私は驚いた。

「あの小松島さん、おそらく遼一さんのことを個人的にあの……慕っていたんですよね？　ですからそれで少し暴走してしまった」

私は自分の考えつく範囲で、意見を出した。

懲戒解雇となると、おそらく彼女はもう秘書として働けない。それどころか再就職も厳しいはずだ。

「今回の情報漏洩については、私たち夫婦の個人的なものだったのでなんとか自主退職という形はとれませんか？」

彼女のやったことは許されるべきではない。事実彼女が祖母に接触しなければ発作を起こさなかった可能性もある。

だが彼女にも将来があるのだ。同じ男性を好きになったものとして少しでも処分が軽くなればいいと思った。

しかし事態はそうはいかなかった。

「梢は、自分が傷つけられたのにお人よしだな。たしかに小松島が持ち出した情報が俺たちの結婚契約書だけなら問題なかった」

「違ったんですか？」

驚いた私は、話の途中なのに声をあげてしまう。

「残念ながら、そうなんです」

その質問に、松茂さんが資料を取り出した。

「これ、私が見てもいいですか？」

彼がうなずいたので、手に取って確認する。

「これって……まさか、ダニエル氏との契約を邪魔していたのって」

私は事実を確認するように、遼一さんの顔を見た。すると彼は難しい顔をしたままうなずく。

「そんな……彼女はあなたのことを好きだったはずです」

だから私にあんなに敵意をむき出しにしていた。

「彼女の好意自体は……一度告白をされたので知っていた。しかし俺にその気がなかったので断った。働きづらいなら別の部署への異動や別の職場を紹介するとも言ったが、彼女はこのまま秘書でいたいと。それで今まで働いてもらっていた。すでに気持ちの整理はついているものだと思っていたんだが」

彼がこれまでの小松島さんとの関係を話す。

「この判断が間違っていたんだ。最初は問題がなかったが徐々に俺に対する好意がねじ曲がった」

好きすぎて我慢できなくなったあげく、間違った方へと動き出したということか。

その先は松茂さんが説明してくれた。

「彼女曰《いわ》く、契約が難航《なんこう》すれば、小松島家のサポートを欲しがるに違いないと思ったようです。小松島家は旧家の資産家でたくさんの企業がありますから」

「なんでそんなことを」

好きな人を思う気持ちは同じはずなのに、私にはまったく理解できなかった。人を思う気持ちは素敵なもののはずなのに、なんでそんな悲しい行動に出てしまったのか。

「梢はわからなくていい。理解しなくてもいいんだ」

遼一さんに言われて、私はうなずいた。

「俺たちの契約書の漏洩がなくても、彼女は処罰の対象だった。会社に損害を与えたのだから、当然だ」

私はもう、うなずくだけだった。

「では、手続きはわたくしの方でやっておきますので」

松茂さんが頭を下げて出て行く。

私は悲しくなって、うつむいてしまう。

「梢、大丈夫か？」

「はい。なんだか後味が悪いなって。私は自分の気持ちを遼一さんが受け入れてくれたから、彼女のようにならなくてすんだけれどもし一歩間違えていたらと思うと」

「いや、梢はならないだろ。だって俺のために身を引くことも考えていたんじゃないのか？」

「ど、どうしてそれを？」

またしても自分の考えを読まれていて驚く。

「君の様子がおかしいのに、俺が気が付かないとでも？」

小松島さんからカフェに呼び出されて以降、たしかに私は何度も彼と別れた方がいいのかもしれないと思った。

「たしかに思いました。でも……無理だったんです。どんなに遼一さんのためになると思っても、離れられないって。あなたが好きだから」

様子を窺うように彼を見ると、少し困ったような顔をして笑っていた。

「梢、俺は本当にあのとき君に婚約者のふりを打診した自分を褒めたいよ」

あまりにも大げさなことを言うので、クスクス笑った。

「私も、あなたに結婚を迫ってよかった」

まさか自分がプロポーズをする側になるなんて、今までの人生で一度も想像したことがなかった。奇妙に絡まった運命の糸が、あの場面で強く結ばれた。

「梢、愛してる」

彼が蕩けるような愛の言葉で私を甘やかす。

私はそれに目を閉じて応えた。

社長室でキスなんて不謹慎《ふきんしん》極まりない。ものすごくいけないことをしているように思う。

でも彼を前にしたら、拒むことはできない。

私たちふたりは、もう一度互いの心を確かめ合うように、夕暮れに染まる社長室でキスを繰り返した。


そして二月の中旬。

軽い発作を起こしたせいで、少し延びた祖母の手術が行われた。

結果は大成功で経過も順調だ。退院後は一緒に暮らそうという私と遼一さんの誘いを断り、都内の施設に入居することが決まっている。

手術当日は、祖母より私の方が心配だと言って遼一さんも休みを取った。私は続いて翌日も休みを取り祖母のお見舞いに行った。

早速話せるようになった祖母に「もう帰りなさい」と促されて、私は十五時すぎに病院を出た。

自宅に帰るとキッチンに急いだ。冷蔵庫の奥に隠しておいた作りかけの材料を取り出す。

「後は、チョコでコーティングするだけだから、きっとそんなに時間がかからないはず」

今日は二月十四日、バレンタインデー。祖母の手術の翌日なので、あまり派手なことはできないけれどせめてチョコレートくらいは渡したいと思い、数日前から計画していた。

と、いっても手作りのオランジェットを渡すだけなのだけれど。

ここ最近ずっと祖母の手術のことで頭がいっぱいで、気が付いたのが数日前。そこからプレゼントを用意する時間がなく結局、チョコレートを作るだけになってしまった。

朝見舞いに行く前にオレンジをオーブンで乾燥焼きにしておいた。ここまでできていれば後は簡単だ。

私は手際よく、チョコレートを湯煎《ゆせん》しオレンジをくぐらせた。刻んだピスタチオで少し飾りつけをして完成だ。

後は冷蔵庫で冷やすだけ。

彼に見つからないようにさっさと片付けを済ませ、ラッピングの用意をした。

「どうかなぁ」

一時間後、冷蔵庫の中を覗くとチョコレートは綺麗に固まっていた。

「よかった」

ほっとした私はそれをラッピング用のボックスに詰めていく。

しかしそのタイミングで〝ピンポーン〟と玄関の呼び鈴が鳴る。

「嘘、ちょっと待って」

キッチンから急いで玄関に向かう。彼がちょうどドアを開けて中に入ってくるところだった。

「おかえりなさい」

なんとか間に合ってほっとする。

しかしいつもならすぐに中に入ってくる彼が、玄関で立ち止まったままだ。

「どうかした？」

私が首をかしげると、彼は背後に隠しておいた大きなバラの花束を差し出したのだ。

私が花束を受け取ると、彼が優しい笑みを浮かべた。

「ハッピーバレンタイン。俺の美しい妻に」

突然のプレゼントに驚きと喜びが隠せずに、歓喜の声をあげる。

「素敵、うれしい。私こんな大きな花束もらったの初めてです」

瑞々《みずみず》しい深紅《しんく》のバラ。顔を近づけて息を吸い込むと、とてもいい香りがする。

「梢の初めてを奪えてよかった」

意味ありげに顔を覗き込まれて、恥ずかしくなる。

ふたりでリビングに向かいながら、会話を続ける。

そこでふと疑問に思って尋ねた。

「でも、バレンタインって女性から男性に愛を告げる日ですよね。それでホワイトデーにその返事をするっていう」

「日本ではそうだけど、海外では違う。男性が愛を伝えたりカップルで過ごしたりする」

たしかにそんな話を何かで聞いた。

「堂々と妻に愛を伝えるチャンスを、俺が逃すわけないだろう」

彼の得意げな顔に、私は思わず笑ってしまった。

「こんな素敵なサプライズプレゼントがあるなんて思ってなかったです。あの、お礼にもならないんですけど、ちょっとそこに座ってください」

彼をソファに座らせて、私は先ほど完成したばかりのオランジェットを渡す。

「開けてもいい？」

「はい」

うれしそうにリボンをほどく姿を見て、彼と結婚して本当によかったなと思う。こういう私の小さな好意をちゃんと気持ちごと受け取ってくれる。

「オランジェットか、うまそうだな。いい匂いしてるとは思ってたんだ」

「やっぱり、ばれてしまいましたか？」

「あぁ、もしかしたら、何か作ってくれているんじゃないのかって期待してたっていうのもある」

彼の言葉を聞いてやっぱり私は遼一さんのことが好きだなと、あらためて思う。

彼はすぐにリボンをほどくと、ひとつ取り出して食べた。

「あぁ、うまい。梢も食べるか？」

「実は味見しすぎて、当分は見たくないです」

私の苦笑いを見て、彼はクスクスと笑った。

「そっか、ありがとう。本当にうまいよ。これなら毎日食べられそうだ」

大げさだなぁと思うけれど、喜んで食べているのを見ると、ほっとしたと同時にうれしくなる。

「あの、言い訳なんですけど。おばあちゃんの手術のことばかり考えていて、チョコしか準備できていないんです」

本当は彼に何かを贈りたかった。ふたりで過ごす初めてのバレンタインだから。

「気にしなくていい。梅さんの手術が心配なのは当たり前だからな。それにチョコはちゃんと準備してくれたじゃないか。その気持ちで十分だ」

「来年は、何か欲しいものがあったらリクエストしてくださいね」

本来なら半年の予定だった夫婦関係。四月には他人に戻る予定だった。

それなのに今は、来年のバレンタインの話をしている。人生何が起こるかわからない。

「来年と言わず、今年も欲しいものリクエストしていいか？」

「はい！　今から一緒に買いに行きますか？」

時間はまだ早い。今から出かけても十分時間があるだろう。

「いや、その必要はない。俺が欲しいのは梢だから」

熱のこもった瞳で、彼が私を見つめながら甘い笑みを浮かべる。

彼がこういう目をするとき何を期待しているのかを、私は身をもって理解していた。

そして彼は知っている、私がそれを断らないことも。

「わかりました。私でよければお好きなだけどうぞ」

彼の目が一瞬妖しく光ったような気がした。

「梢、不用意にそんな言葉を使うものじゃない。君は俺が今どんな気持ちでいるかわかっているのか？」

「え、きゃあ」

答える前に彼がいきなり私を抱き上げた。

「お言葉に甘えて〝好きなだけ〟君をいただくよ。まずは風呂からだな」

「待って。お風呂って、一緒に入るんですか⁉」

驚きの発言に、目を見開いた。

「もちろん」

「いや、それはちょっと恥ずかしすぎます」

お好きなだけと言ったけれど、お風呂に一緒に入るのは羞恥心に耐えられそうにない。

足をバタバタさせて抗議する。しかし彼はびくともしない。こういうとき、彼の男らしさを感じてしまう。

いや、そんな感心している場合じゃなかった。

「ダメだ。君が言ったんだから、責任を取らないと。これからは考えて言葉を口にしなさい」

まるで子供に言い聞かせるような言い方だ。

「間違っても〝好きなだけ〟とか〝結婚して〟なんて言ったらダメだ。悪い男の餌食《えじき》にされてしまう」

「それって、遼一さんのことですか？」

「どうだろうなぁ」

はぐらかす彼はどこか楽しそうだ。

「でも遼一さん相手になら、何度でも言っちゃいそうです」

私の言葉を聞いた彼が、洗面台に私を座らせながら驚いた顔をして、さっと自分の顔を隠した。見えている耳がわずかに赤いのは気のせいだろうか。

「君という人は、どうなっても知らないからな」

少し怒ったような声を出した彼が、強引に私に口づけた。

でもそれはさっき彼が食べたオランジェットの味で、甘くて酸っぱくて思い切り私の胸をときめかす。

深くなるキスに応えるように、私は彼の首に腕を回した。

彼に素早く服を脱がされた私は、手を引かれてバスルームに入る。今日は彼が早く帰ってくると聞いていたので、早めに準備していてよかった。

彼がシャワーの湯を勢いよく出すと、広いバスルームは一気に湯気で満たされた。

ある程度の視界が遮られるとはいえ、恥ずかしさを軽減させるほどの効果はなく私は必死になってタオルで体を隠している。

「そんなに恥ずかしがらなくてもいいだろ」

楽しげに笑う彼を恨めしく見る。

「こんな明るいところで見られるなんて、恥ずかしいに決まっているじゃないですか！」

ふてくされる私を見て、彼はクスクスと笑った。

「わかった、じゃあ俺はこっち向くから、背中洗ってくれる？」

向かい合ってじっと見られるよりはましだと思い、私は了承した。

スポンジを泡立てて、彼の広い背中を洗う。洋服を着ているときはわからないが、程よく筋肉がついていて、とても男らしい。

初めて明るいところで見る彼の裸体に、緊張して同じところばかり洗ってしまう。

「じゃあ、次は交代」

「えっ？」

安心し切って洗っていたら、彼がくるっとこちらを向いた。

驚いたその拍子にまとっていたタオルがパラっとはだけてしまう。

「きゃあ」

慌てて押さえようとしたが、私よりも先に遼一さんがタオルを奪い去る。

「洗うのに邪魔だ」

「あっ」

さっさと私の手の届かないところにタオルを放り投げた。

「さて、次は梢が綺麗になる番だな」

有無を言わさぬ彼の言葉に、諦めた私は彼に背中を差し出した。

しかし……背中だけで終わると思っていた私は甘かった。

「俺、前にも言ったけど、梢のここも好きなんだよね」

そう言いながら、耳に舌を這わせいたずらをしながら、泡だらけのスポンジが腕を優しく撫でる。そしてわざとくすぐるように全身を撫でるので思わず反応してしまう。

「んっ……遼一さん、私はもう十分なので」

抗議しても、そしらぬ顔で続ける彼。

「ん、遠慮しなくていい。後で美味しく食べるための準備だから」

「た、食べるって」

もちろんどういう意味かはよくわかっている。

「〝好きなだけ〟って言ったのは君だよ。今日はバレンタインだから遠慮しない」

いつもは遠慮しているのかという疑問があるが、反論する隙さえ与えてもらえない。

もうこうなったら彼のなすがままになるしかないのだ。

「はぁ、かわいい。これから誕生日もクリスマスもバレンタインも、俺へのプレゼントは全部梢でいい」

なんという極端なことを言うのだろうかと、少し呆れてしまった。

いつもは会社では従業員を引っ張り、新しい事業を次々と展開し、私の悩みにも寄り添ってくれる素敵な彼がこんなことを言うなんて。

それを言わせているのが自分だと思うと、これまで一度も持ったことのなかった女性としての自信が心に湧き上がった。

彼に愛されて、私変わってきているのかも。

その変化がうれしい。

「遼一さん、プレゼントが私じゃ意味ないですよ」

「なんでだ」

「だって、私はもう遼一さんのものですから」

素直にそう思ったので、伝えただけだ。それなのにあれこれいたずらしていた彼の手がピタッと止まる。

「遼一さん？」

後ろを振り向くと、彼はじっと私を見ていた。

「なぁ、梢はそろそろ色々と自覚をした方がいい」

「えっ？」

「自分の発言がどれだけ俺を煽っているか、よく考えるんだ」

いきなり手を伸ばした彼が、シャワーのコックをひねる。ふたりの上から熱いお湯が流れてきた。それと同時に彼が強引に私の唇をふさぐ。

「もう悠長に風呂なんか入っていられない」

掠れた彼の声を聞いた私は、そのまま唇をふさがれ続け……タオルドライもそこそこに彼に寝室に引き込まれてしまった。

初めての甘い甘いバレンタイン。カップルのためのその夜を、ふたり遅くまで楽しんだ。


――一年後。

ダニエル氏との業務提携の話が順調に進んだ結果、遼一さんの仕事はますます忙しくなった。

先日行われた両社の業務提携の記者会見はインターネットで全世界に流れ、ニュース番組でも取り扱われた。

「ダニエルさん、まさかあんなにすごい人とは知りませんでした」

昼休み。私は三週間ぶりに社長室で遼一さんとお弁当を食べていた。

ここのところ忙しくて一緒にお昼を食べられなかったので、今日みたいな貴重な日は朝から昼休みになるのが待ち遠しかった。

「あぁ。あの人表にはあまり出ない人だからな。だから今回の会見に出てきてみんな驚いたんだろう」

「私、もしかしてものすごく失礼なことをしていたんではないでしょうか？」

相手がフレンドリーだからと、こちらも気さくに話しかけていた。

お土産ももっと気の利いたものを用意した方が、よかったのかもしれない。

「いや、逆にそういうのを嫌う人だから。梢のことはべた褒めだったよ。会見のときに来ていないと不機嫌になるくらいにね」

そのときのことを思い出したのか、彼はクスクスと笑っていた。

「あ、総務部長から屋上庭園の活用について相談してくるように言われました」

「総務部長、俺が梢に甘いのわかっていて、相談させるのずるいな」

そうは言いつつ、書類を目にして話に耳を傾けてくれる。

「実はですね、女子社員の間で屋上庭園に関する噂があるみたいなんです」

それは一週間前のことだった。珍しく食堂で勝浦さんと食事をしていると、隣に座った入社してすぐくらいの女子社員たちの会話がふと耳に飛び込んできた。

最初は何気ない話だったのが、屋上庭園の話になる。

現在は環境が整ってきたので、春と秋の一定期間屋上を開放している。思ったよりも多くの社員が利用していて、管理していた側としてはうれしい。

「それでどこから出た噂かわからないんですけど……屋上庭園で告白してOKされたら、一生一緒にいられるって」

「なんだそれ。中学生かよ」

遼一さんが呆れたように笑う。

「でも女子はいくつになってもそういう話が好きですから。それにこれたぶん遼一さんのせいですよ」

「俺の？」

思い当たるふしがないのか、納得できない顔をしている。

「そうです。だってどこかの雑誌のインタビュー記事で、私と屋上で会った話をしたでしょう?」

「そうだったか。忘れた。でも事実しか話してない」

「本当に、恥ずかしいからやめてくださいね。シンデレラなんて本当に恥ずかしい」

いいタイミングなので、ここで釘を刺しておく。その雑誌には私のことをシンデレラになぞらえて記事のタイトルがつけられていた。

「まあでも、間違っていないだろう。俺にとってのプリンセスは梢なんだから」

わざと恥ずかしがらせようとしている彼を軽く睨《にら》むと、なぜだかうれしそうに笑っている。

「わかった。屋上庭園の件は、決済に回しておくと伝えてくれ。ちょっと最近松茂が忙しいから少し時間がかかるかもしれない」

小松島さんの後任を置かずに、今は松茂さんひとりで遼一さんの秘書の仕事をこなしている。忙しそうにしているが、以前にもましてきっちりと仕事をしているので周囲は誰も困っていない。

「そのように伝えておきます。ありがとうございます。社長」

「梢が悪女だったら、会社が傾くのも時間の問題だな」

笑いながら彼が立ち上がった。

「今日の卵焼きもうまかった」

彼は今でも律儀《りちぎ》にこうやって、感謝の気持ちを伝えてくれる。だから私はますますがんばってしまうのだ。

「俺も下に行くから、途中まで一緒に行こう」

「はい」

彼に言われるまま、ふたりでエレベーターに乗り込む。

「ところで、まだちょっと満足してないんで、つまみ食いしたい気分なんだけど」

「え、足りなかったですか？」

いつもと同じ量入れたはずなのに。今日は特別お腹がすいていたのだろうか。

「いや、俺が欲しいのはこっち」

「あ……んっ」

突然彼が覆いかぶさってきて、唇を奪う。彼が壁に手をついて隅に追いやられていた私は、逃げ出すこともできずに彼のキスを受け入れた。

誰か入ってきたらどうしよう。

ドキドキしながら、でもやっぱり彼との触れ合いがうれしくて彼を止められない。

「んっ……はぁ」

離れたときに、顔に熱がこもりわずかに息が上がっていた。

「ごちそうさま、満足した」

「これ、もうつまみ食いじゃないですよね？」

恥ずかしくて抗議しながら、唇を尖らせた。

「そんなかわいい顔して文句を言われても逆効果だと、君は何度言えば学習するんだ？」

また彼がじりじりと迫ろうとしてくる。

「夜にもっと食べさせて」

彼が私の耳元で囁くと、開いた扉から降りて行った。

残された赤い顔の私は、エレベーターの中でひとりなんとか落ち着こうと努力する。

旦那様は、今日も愛も食欲も旺盛《おうせい》だ。

END

番外編　一番の笑顔を君に

祖母の手術が無事に終わったころ。

私は自宅でそわそわしながら、ある人物の到着を待っていた。

「少しは落ち着いたらどうだ。時間までまだあるだろう？」

遼一さんは手元のタブレットを操作しながら、呆れ顔だ。

「うん、わかってるんだけど……あっ」

そんな会話をしていると、リビングにインターフォンの音が鳴り響いた。

「遼一さん、来ました」

「わかってるって」

苦笑を浮かべる彼も、私と一緒に玄関で客人を出迎える。

扉を開けて外に出ると、ちょうどエレベーターから長身の男性が降りてきた。

「幹！」

我慢できずに声をかけると、顔を上げた彼がこちらに振り向き笑顔になった。

「梢！　久しぶり」

にっこりと笑う自分に瓜ふたつの顔に、私も笑顔を向けた。

今日は幹と遼一さんが初対面する日。

この日のために私は数日前からドキドキしていた。祖母と遼一さんは顔見知りだったものの、幹と彼は過去に一度も会ったことがないのだ。

私の夫となった人に、あれこれと口を出さないとは思うが、できれば幹にも遼一さんを好きになってもらいたい。

小さなころからずっと一緒にいる幹にこそ、この結婚を心から祝福してほしい。そんな気持ちだった。

色々な気持ちを抱えて迎えた本日。我が家のリビングにやってきた幹はソファに座るとキョロキョロと様子を窺っている。

「はぁ。やっぱり社長さんのお宅になると立派なんだな。色々」

「幹、そんなあけすけに言わないで」

思ったことを口にする幹をたしなめる。遼一さんが嫌な思いをしていなければいいけれど。

心配になって遼一さんを見てみるととくに気にした様子もなくほっとした。

「これ、お土産。梢の好きなケーキの詰め合わせ」

「わぁ、うれしい。一緒に食べよう」

箱の中には、ガトーショコラ、チーズタルト、イチゴのショートケーキ、モンブラン、ミルクレープにフルーツロールと、定番のケーキが並んでいる。

用意していた紅茶と一緒に取り皿を、リビングのテーブルに運ぶ。

「さてここで藍住さんに問題です。この中で梢が一番好きなケーキはどれでしょうか？」

一緒に箱の中を覗き込んでいた遼一さんに、幹が尋ねた。

「ちょっと、幹変なこと言いださないで。遼一さんも気にしないで」

夫婦になってまだ半年足らず。彼が私の好みなんて知るはずないのに。

私が止めたものの、遼一さんは気にせずに答えた。

「一番はミルクレープ。その次はチーズタルトだな」

私は驚いて目を見開く。彼が私の好きなケーキなんて知らないと思っていたからだ。

「正解、なかなかやるな」

幹はにっこりと笑いながら、私の準備したお皿にそのふたつを乗せた。

「私は、最後でいいのに」

今日のお客様は幹なのに、最初に私が好きなものを選んでいいのだろうか。

「梢のために買ってきたんだから、いいんだよ」

遼一さんもうなずいているので、ふたりの好意に甘えることにした。

紅茶を淹れてケーキを食べながら互いに近況の報告をし合った後、幹は急に夕食をうちで食べると言いだした。

「すぐにって言うと、たいしたものはできないけどいい？」

「うん、梢のご飯ならなんでも」

ダメとは言わないだろうが、遼一さんにも許可をとっておかないといけない。彼の方を見ると言葉を口にする前に「いいよ」とうなずいた。

「じゃあ、久しぶりにお鍋にしようか？」

「いいね、楽しみ」

幹が喜ぶ姿を見て、私は料理に取り掛かった。

「俺も何か手伝おうか？」

遼一さんも一緒に立ち上がろうとする。最近よく家事をしてくれるので、今日もそのつもりだったらしいのだが。

「いや、藍住さんは俺の相手してください」

ニコッと芸能人スマイルを見せた幹が、遼一さんの手を引っ張る。

「梢のお宝写真、見たくありませんか？」

手にしたスマートフォン、そこになんらかの昔の画像が保存されているらしい。

幹の誘惑に、遼一さんの眉がぴくっとわずかに動いた。

「幹ってば、変な写真見せないでよ」

慌ててやめるように言うけれど、それを遼一さんが止めた。

「夫として、妻のいかなる過去も知っておく必要がある。それに幹くんと仲を深めるいいチャンスだ。悪いが梢は料理に集中して」

前半のセリフはいかがなものかと思うが、幹と仲良くしたいという気持ちはうれしい。私にとって大切なふたりなのだから、関係は良好な方がいいに決まっている。

「幹、本当におかしな話を遼一さんにしないでよ」

もう一度釘を刺してから、私は後ろ髪ひかれる思いでキッチンに向かった。

冷蔵庫の中身としばしにらめっこをしながら、材料を取り出し作り始める。久しぶりに幹に料理をふるまうので、彼の好きなつみれをたくさん入れてあげよう。

フードプロセッサーを使い、鶏つみれを作りつつ頭の中で手順を組み立てた。

ダイニングテーブルの上では、土鍋からもくもくと湯気が立ち上っていた。

「梢の寄せ鍋。出汁はカツオと昆布だな」

「当たり」

正解した幹は「へへん」と言わんばかりに胸を張っている。幹にとっても食べなれた祖母の味だ。

三人で席に着き、遼一さんが選んだ白ワインで乾杯する。

その後私は、遼一さんの取り皿に具材をよそっていく。しかしそれを見た幹がニヤニヤと笑っているのが気になる。

「何、どうかしたの？」

私が遼一さんにお皿を渡すと、幹はからかうように言う。

「なんだ、そこで〝あーん〟とかするのかと思った」

面白がっているとわかっているのに、顔が赤くなる。

「あぁ、いいな。今度ふたりっきりのときにはお願いしようかな」

「遼一さんまで何を言いだすんですか！」

ふたりしてからかわれて、ますます顔が赤くなる。

頬を膨らませる私だったが、ふたりが仲良くしてくれているのを見るのはとてもうれしかった。

食事も終わりかけたころ、遼一さんのスマートフォンから着信音が響く。ディスプレイを確認した彼が「仕事の電話をしてくる」と言って席を外した。

ふたりきりになった途端、幹が私にグラスを持たせると自分のそれをカチンとくっつけた。

「梢の素敵な旦那様に乾杯」

少しアルコールが入って、機嫌のよさそうな幹がニコニコ笑っている。

「藍住さんいい人だね。大きい会社の社長さんだって聞いていたからもっと気難しい人を想像していたんだよね。ほら、梢ってさ言っちゃあれだけど、男運なかったじゃないか、ずっと」

「そんなことないよ」

私は否定したが、幹は納得していないようだ。

「そんなことある！　だってさ中学のときに梢のこと好きだとか言ってた先輩は、毎日梢の通学時間待ち伏せしてたし、高校時代に梢に告白して振られた男は、彼女でもなんでもない梢を自分の彼女みたいに言いふらしてたし、大学時代につき合ってすぐに別れた男は、家の前でキスしようとしてた」

「ねぇ、よく覚えてるね」

自分のことでもないのにと、感心してしまう。

「当たり前だろう。俺の大事な片割れなんだから。だから今回の結婚も心配していたんだ……最初は契約結婚だったって聞いていたし」

幹も祖母から遼一さんと私の〝本当の〟結婚のなれそめを聞いたらしい。態度や言葉に表さなくても幹は心配していたのだろう。

「黙っていてごめんね」

「いいさ、別に。今幸せならそれで」

「うん、すごく幸せだよ、私」

にっこりと笑って見せると、幹も安心したのか柔らかい笑顔を浮かべる。ずっと一緒にいた幹には嘘の笑顔はすぐにばれる。だからこそ、今私が浮かべている笑顔が本物なのだと幹にはわかっているのだ。

幹と私は双子だけあって絆が強い。両親を亡くしてからなおさらそれを感じていた。

「やっと、俺より優先する相手が見つかってよかったよ。ほっとした」

「うん、大切にしてくれているぶん、大切にしたいと思ってるの」

彼との結婚は、私に自信と愛される喜びを教えてくれた。今が一番幸せだと心から思える。

「よかったな……あっ」

幹の視線が私の背後に移った。振り向くとそこには遼一さんが立っている。

「ふたりで何の話？」

「なんでもないの。ただの思い出話」

彼に聞かせる話ではないと思い軽くごまかした。幹もあえて彼が席をはずした際に話をしたのだろう。

「そっか。幹くんまだ飲むかい？　おすすめのワインがあるんだけど」

遼一さんの勧めに、幹は首を振った。

「実は今から事務所で打ち合わせなんです。酒飲んでるからって断ろうとしたけどそれでもいいからって。これでも売れっ子なんでね」

肩をすくめる幹は、少しの不満をもらしながらも今の仕事を天職《てんしょく》だと言っている。

幹は席を立つと、遼一さんにしっかりと頭を下げた。

「梢のこと大切にしてくれてありがとうございます。今まで見てきたどんな梢よりも幸せそうで安心しました」

「幹ったら……」

過保護だと思うけれど、変わらない幹の優しさに胸が熱くなる。

「そう言ってもらえて俺もうれしいよ。これから梢のことは俺が守り幸せにしていく。そしてこれからも彼女のことを変わらずに見守っていてほしい」

「はい。今度また梢の幼少期の貴重な写真送りますね」

「それは、楽しみにしている。できれば年代別に欲しい」

「ちょっと、ふたりとも！　変な約束しないで」

仲良くなったのはいいけれど、私の秘密を暴露《ばくろ》するのはやめてほしい。

和やかな雰囲気で、幹を玄関で見送った。迎えの車が下まで来るらしく、幹はそのまま仕事に向かうようだ。

「じゃあ、気を付けてね」

「うん。またね」

いつもと変わらない挨拶をして、幹が帰って行った。

バタンと玄関の扉が閉じた。

「遼一さん、騒がせてすみま――」

声をかけながら振り返ろうとした瞬間、遼一さんにいきなり腕を引かれて壁際に追い詰められる。

そして彼は壁に手をつくと、私が逃げられないように距離を詰めた。

「り、遼一さん？」

鼻先がくっつきそうな距離で顔を見つめてくる。いったいどうしたのだろうか。

「ねぇ、中学のときに待ち伏せされていた話も、高校のときに勝手に彼女認定されていた話も、大学のときに家の前でキスされそうになっていた話も、俺何も知らないんだけど」

「あ、それは……」

彼に知られるのは気まずくて目を逸らす。しかしそこで気が付いて逸らしていた目を彼に向ける。

「もしかして、聞いていたんですか？」

私の疑問に、今度は彼が目を逸らせた。

「君はずっと俺にモテないって言ってたじゃないか」

遼一さんが不満げにつぶやく。

「モテません、全然モテません。それに――」

「それに？」

彼が食い気味で私に聞いてきた。

「それに……私がモテたいのは、あの……遼一さんだけなので」

自分で言って恥ずかしくなる。もちろん彼とは目を合わせられない。顔にどんどん熱が集まってきて鏡を見なくても赤くなっているのがわかる。

な、何か言ってくれないかな。

「え、きゃあ」

言葉もなくその場で抱き上げられた私は驚きの声をあげた。

「あの、どこへ行くんですか？」

「寝室へ」

「な、何をするんですか？」

「そんなの決まってるだろ。聞くだけ野暮《やぼ》だ」

彼は私のこめかみにキスをする。それだけで顔がほころんでしまう。

「そうだ、その顔がたくさん見たい。君の一番の笑顔を引き出せるのは俺でありたい」

彼の言葉に応えるように、私は彼の首に回した手にぎゅっと力を込めた。

END

あとがき

はじめましての方も、お久しぶりの方も、このたびは『偽装結婚のはずが、愛に飢えたエリート社長に美味しくいただかれそうです』を手に取っていただきありがとうございます。

突然ですが、誰かの作ってくれた料理ってすごく美味しいですよね。「誰か私に美味しいご飯をください」と思いながらこの作品を書きました。

過去のコンプレックスから解き放たれて、愛されて自信を持つようになっていくヒロイン梢に共感していただければ幸いです。

さて今回素敵な表紙を描いてくださった龍本みお先生。ヒロイン梢のエプロン姿がかわいくて萌えました。加えましてこの作品を世に出すにあたり、支えてくださったみなさまにも感謝申し上げます。

そして読者のみなさま、いつもお読みいただきありがとうございます。お楽しみいただける作品を書き続けられるようがんばりますので今後ともよろしくお願いします。

高田ちさき

マーマレード文庫

偽装結婚のはずが、愛に飢えた エリート社長に美味しくいただかれそうです

2023年6月15日　第1刷発行　定価はカバーに表示してあります

著者　高田ちさき　
発行人　鈴木幸辰
発行所　株式会社ハーパーコリンズ・ジャパン
東京都千代田区大手町1-5-1
電話　03-6269-2883（営業部）
0570-008091（読者サービス係）
印刷・製本　中央精版印刷株式会社

Printed in Japan
ISBN-978-4-596-77512-2

m a r m a l a d e b u n k o